이탈로 칼비노 1923년 쿠바에서 농학자였던 아버지와 식물학자였던 어머니 사이에서 태어나 어린 시절부터 자연과 가까이하며 자랐다. 토리노 대학교에 입학해 공부하던 중 이탈리아 공산당에 가입해 레지스탕스 활동에 참여했다가, 2차 세계 대전이 끝난 뒤 조셉 콘래드에 관한 논문으로 졸업했다. 1947년 레지스탕스 경험을 토대로 한 네오리얼리즘 소설 『거미집으로 가는 오솔길』을 발표해 주목받기 시작했다. 『반쪼가리 자작』, 『나무 위의 남작』, 『존재하지 않는 기사』로 이루어진 '우리의 선조들' 3부작과 같은 환상과 알레고리를 바탕으로 한 철학적, 사회참여적인 작품, 『우주 만화』같이 과학과 환상을 버무린 작품, 이미지와 텍스트의 상호 관계를 탐구한 『교차된 운명의 성』과 하이퍼텍스트를 소재로 한 『어느 겨울밤 한 여행자가』 같은 실험적인 작품, 일상 가운데 존재하는 공상적인 이야기인 『마르코발도 혹은 도시의 사계절』, 『힘겨운 사랑』 등을 연이어 발표하면서 이탈리아뿐만 아니라 세계 문학계에서 독보적인 위치를 차지하게 되었다. 1972년 후기 대표작인 『보이지 않는 도시들』을 발표해 펠트리넬리 상을 수상했다. 1981년에는 프랑스의 레지옹 도뇌르 훈장을 받았다. 1984년 이탈리아인으로서는 최초로 하버드 대학교의 '찰스 엘리엇 노턴 문학 강좌'를 맡아 달라는 초청을 받았으나 강연 원고를 준비하던 중 뇌일혈로 쓰러져 1985년 이탈리아의 시에나에서 세상을 떠났다.

보이지 않는
도시들

이탈로 칼비노 전집
09
보이지 않는
도시들
이현경 옮김
LE CITTÀ INVISIBILI
민음사
ITALO CALVINO

LE CITTÀ INVISIBILI
by Italo Calvino

차례

I

2

3

4

5

6

7

8

9

I

마르코 폴로가 자신이 사신으로 방문했던 도시들을 쿠빌라이 칸에게 묘사했을 때 칸이 그의 말을 모두 믿은 것은 아니었다. 하지만 이 타타르 족의 황제는 다른 어떤 사신이나 탐험가의 이야기보다도 이 베네치아 젊은이의 이야기에 더 많은 호기심과 관심을 보였다. 황제들의 삶에는, 자신들이 정복했던 광대한 영토에 자부심을 갖다가도, 곧 사람들이 그 영토들에 대해 알고 이해하려는 노력을 포기하리라 짐작하면서 우울과 안도를 느끼는 순간이 있다. 어느 날 저녁 비가 그친 뒤에 나는 코끼리 냄새와 화로에서 차갑게 식어 버린 백단향 재의 냄새가 확 풍겨 오면, 일종의 공허감 같은 것을 느낄 때가 있다. 현기증을 느낄 때도 있는데, 그럴 때면 평면 지도 위에 황갈색 곡선으로 그려진 강과 산들이 이리저리 흔들리고, 패전에 패전을 거듭하며 마지막까지 저항했던 적들이 무너졌다는 사실을 알리는 두루마리가 차례로 말리고, 매년 귀금속과 무두질한 가죽과 거북이 껍질을 공물로 바칠 테니 진군하는 우리 군대가 자신들을 보호해 줄 수 있는지를 간청하는, 이름 한번 들어 보지 못한 왕들의 봉인된 밀랍이 벗겨져 나가기도 한다. 모든 경이로움의 집합체처럼 보였던 이 제국이 목적도 형태도 없이 쇠락하고 이미 부패할 대로 부패해 우리의 홀(笏)이 제국을 지켜낼 수 없게 되었음이, 적의 제왕들에게 거둔 승리가 오히려 우리에게 길고 긴 폐허를 유산으로 상속했음이 밝혀지는, 절망적인 순간도 있다.

쿠빌라이 칸은 마르코 폴로의 보고 속에서만, 붕괴될 운명인 성벽과 탑들 사이로, 흰개미도 갉아 먹을 수 없을 정도로 섬세하게 세공된 장식 무늬들을 식별할 수 있었다.

도시와 기억 1

그곳에서 출발해 사흘 동안 동쪽으로 간 여행자는 육십 개의 은빛 돔과 온갖 청동 신상들, 주석으로 포장한 거리, 수정의 극장이 있고, 황금 닭이 매일 아침 탑 위에서 노래하는 도시 디오미라에 도착합니다. 여행자는 다른 도시에서도 이 아름다운 것들을 모두 보았기 때문에 이미 이들에 대해 알고 있습니다. 하지만 이 도시의 특징은, 해가 점점 짧아지고 음식점 문 위에 달린 색색깔의 등들이 동시에 켜지고 테라스에서 어느 여인이 "오!" 하고 탄식하는 소리가 들려오는 9월의 어느 날 저녁 이곳에 도착한 사람이, 이미 이와 똑같은 저녁을 경험했고 이제는 그때가 행복했다고 생각하는 사람들을 질투하게 된다는 점입니다.

도시와 기억 2

오랜 시간 말을 타고 황무지를 달린 사람은 도시를 갈망합니다. 그는 마침내 저택마다 조개껍질이 소용돌이 모양으로 장식된 나선형 계단이 있고, 완벽한 망원경과 바이올린이 제작되고, 이방인이 두 여인 사이에서 망설이고 있을 때면 언제나 세 번째 여인을 만나게 되고, 닭싸움이 늘 노름꾼들의 유혈 낭자한 싸움으로 변질되고 마는 도시, 이시도라에 도착합니다. 도시를 갈망했을 때 그는 이 도시의 모든 것들을 생각했습니다. 이시도라는 그러니까 그의 꿈에 나타난 도시 중 하나입니다. 한 가지 차이가 있습니다. 꿈속의 도시에서 그는 젊은이였습니다. 그러나 그는 이시도라에 노년이 되어 도착합니다. 광장에서는 노인들이 빙 둘러앉아 지나가는 젊은이들을 구경합니다. 그는 노인들 옆에 나란히 앉습니다. 욕망은 이미 추억이 되었습니다.

도시와 욕망 1

도로테아라는 도시를 묘사하는 방법은 두 가지입니다. 하나는 이렇게 설명하는 것입니다. 이 도시의 성벽 위에는 네 개의 알루미늄 첨탑이 높이 서 있고 그 성벽에는 해자를 가로지르는 도개교가 달린 일곱 개의 성문이 있습니다. 해자의 물들은 도시를 관통하며 아홉 구역을 가르는 네 개의 초록 운하로 흘러 들어갑니다. 아홉 개의 구역에는 각각 삼백여 채의 집과 칠백여 개의 굴뚝이 있습니다. 그리고 중요한 것은 각 구역의 결혼 적령기 처녀들이 다른 구역의 총각들과 결혼하여, 그 가족들이 베르가모 향유나 철갑상어 알, 아스트롤라베[1], 자수정같이 각자 독점하고 있는 상품들을 교환한다는 것입니다. 따라서 폐하께서는 이러한 자료들을 토대로 계산만 하시면 과거, 현재, 미래의 도시에 대해 알고 싶은 것을 모두 아실 수 있을 겁니다.

---

1 천체의 높이나 각을 재는 기구.

또 다른 방법은 그곳으로 저를 안내한 낙타몰이꾼처럼 말하는 겁니다.

"제가 아직 젊었을 때, 어느 날 아침 그곳에 도착했습지요. 수많은 사람들이 시장으로 향하는 길을 바삐게 걸어갔고 아름다운 치아를 가진 여인들이 제 눈을 똑바로 쳐다보았어요. 무대 위에서는 병사 세 명이 클라리넷을 연주했고 사방에서 바퀴들이 굴러다녔고 색색깔의 플래카드들이 휘날렸습니다. 그때까지 제가 아는 것이라고는 사막과 대상로밖에 없었지요. 그날 아침 저는 인생에서 제가 기대할 수 있는 행복이 도로테아에 있다는 생각을 하게 되었습니다. 그 뒤 제 눈은 다시 광대한 사막과 대상로를 바라보아야만 했습니다. 하지만 지금 이 길이 그날 아침 도로테아에서 제 앞에 열려 있던 수많은 길 중 하나라는 것을 알고 있습니다."

도시와 기억 3

관대하신 쿠빌라이시여, 부질없겠지만 높은 보루에 에워싸인 도시 자이라에 대해 묘사해 보겠습니다. 이 도시에 계단식으로 만들어진 길들의 계단 수가 얼마나 많은지, 주랑의 아치들이 어떤 모양인지, 지붕은 어떤 양철판으로 덮여 있는지 폐하께 말씀드릴 수 있을 겁니다. 그러나 이런 것들을 말씀드리는 게 아무것도 말씀드리지 않는 것과 다를 게 없다는 것을 저는 이미 알고 있습니다. 도시는 이런 것들로 이루어지는 게 아니라, 도시 공간의 크기와 과거 사건들 사이의 관계로 이루어지는 것이기 때문입니다. 가로등의 높이와 그 가로등에 목매달아 죽은 찬탈자의 대롱거리는 다리에서 땅까지의 거리 사이의 관계, 그 가로등에서 앞쪽 난간으로 묶어놓은 줄과 여왕의 결혼식 행렬을 장식했던 꽃 줄 사이의 관계, 그 난간의 높이와 새벽녘 간통을 저지르다 난간을 뛰어넘는 남자의 급하강 사이의 관계, 창문 홈통의 기울기와 바로 그 창문으로 들어오는 고양이의 당당한 걸음걸이 사이의 관계, 곧 뒤에서 갑자기 나타난 포함의 사정거리와 홈통을 파괴해 버리는 폭탄 사이의 관계, 어망의 찢어진 틈과 부두에 앉아 찢어진 어망을 손질하며 여왕의 사생아로 강보에 싸인 채 이 부두에 버려졌었다는 소문이 있는 찬탈자의 함선 이야기를 수백 번 되풀이하는 세 노인 사이의 관계로 도시는 이뤄집니다.

도시는 기억으로 넘쳐흐르는 이러한 파도에 스펀지처럼 흠뻑 젖었다가 팽창합니다. 자이라의 현재를 묘사할 때는 그 속에 과거를 모두 포함시켜야 할 것입니다. 그러나 도시는 자신의 과거를 말하지 않습니다. 도시의 과거는 마치 손에 그어진 손금들처럼 거리 모퉁이에, 창살에, 계단 난간에, 피뢰침 안테나에, 깃대에 쓰여 있으며 그 자체로 긁히고 잘리고 조각나고 소용돌이치는 모든 단편들에 담겨 있습니다.

도시와 욕망 2

남쪽으로 걸어간 여행자는 사흘째 되는 날 해 질 무렵, 한 지점에서 똑같이 뻗어나간 운하들로 촉촉이 젖어 있고 연이 날아다니는 도시 아나스타시아를 만납니다. 저는 이제 이 도시에서 거래를 하면 이문이 남는, 마노[2], 줄마노, 녹옥수와 다양한 종류의 옥수[3] 같은 상품들을 열거하려 합니다. 잘 마른 벚나무 장작으로 피운 불 위에서 구워 오레가노를 풍성하게 뿌린 황금빛 꿩고기의 맛을 칭찬할 수 있을 겁니다. 정원의 연못에서 목욕을 하는 여인들을 본 것과, 떠도는 소문에 따르면 그 여인들이 지나가는 여행객에게 옷을 벗고 물속에 들어와 자기들을 잡아보라며 유혹한다는 말을 해야 합니다. 하지만 이 모든 것을 말하다 보면, 저는 폐하께 이 도시에서 가장 중요한 것

---

2 보석이나 세공품, 조각의 재료로 쓰이는 광석의 일종. 석영, 단백석, 옥수의 혼합물.

3 보석이나 장식용 돌로 쓰이는 광석의 일종.

을 말씀드릴 수 없을 것입니다. 아나스타시아에 대한 묘사는 고작해야 폐하께서 억눌러야만 하는 욕망들을 한 번에 하나씩 일깨울 뿐이기 때문입니다. 반면, 만약 폐하께서 어느 날 아침 아나스타시아의 심장부에서 눈을 뜬다면 모든 욕망이 동시에 잠에서 깨어 폐하를 에워싸 버릴 것입니다. 폐하께 도시는 모든 욕망이 고스란히 담겨 있는 완전체이며 폐하는 그 일부분을 차지하고 있는 것처럼 보일 것입니다. 그리고 도시가 폐하께서 즐기시지 못한 것을 즐기기 때문에 폐하는 이 욕망을 살리고 그것에 만족하시는 수밖에 없습니다. 때로는 사악하고 때로는 선량하기도 한 그런 힘을 매혹적인 도시 아나스타시아는 가지고 있습니다. 마노, 줄마노, 녹옥수를 세공하는 사람처럼 폐하께서 매일 하루 여덟 시간씩 일을 한다면 욕망에 형태를 부여하는 폐하의 노동은 욕망을 통해 자신의 형태를 취하게 될 것입니다. 폐하는 자신이 아나스타시아 전체를 즐기고 있다고 생각하시겠지만, 사실 폐하는 그 도시의 노예에 불과할 따름입니다.

도시와 기호들 1

여행자는 나무와 돌들뿐인 길을 따라 며칠을 걷습니다. 그동안 어떤 사물에 시선이 머무는 일은 매우 드뭅니다. 시선이 머무는 경우는 그 사물을 다른 사물의 기호로 인식했을 때뿐입니다. 모래 위의 흔적은 사자가 지나갔음을 알려주고, 늪지는 수맥을 알려주고, 히비스커스 꽃은 겨울이 끝났음을 알립니다. 나머지 모든 것은 아무 소리도 내지 않고 서로 교환이 가능합니다. 나무와 돌들은 본래의 모습대로 있을 뿐입니다.

마침내 여행자는 타마라 시에 닿습니다. 폐하는 벽마다 간판들이 튀어나와 있는 좁은 거리들을 따라 도시를 가로지릅니다. 눈은 사물이 아니라, 다른 사물들을 의미하는 사물의 형상들을 바라봅니다. 펜치는 이[齒] 뽑는 사람의 집을 가리키고, 큰 잔은 술집을, 미늘창은 수비대의 막사를, 저울은 채소 가게를 가리킵니다. 상(像)과 방패들은 사자, 돌고래, 탑, 별들을 표현하고 있습니다. 이것은 무엇인가가 (그게 무엇인지는 아무도 모릅니다.) 사자나 돌고래, 탑 혹은 별을 기호로 가지고 있다는 표시입니다. 다른 표식들은 특정 장소에서 금지된 일, 즉 수레를 끌고 골목에 들어가는 일, 가판대 뒤에서 소변을 보는 일, 다리에서 장대로 낚시하는 일 등과, 허용된 일, 즉 얼룩말들에게 물을 먹이는 일, 공을 가지고 노는 일, 친지의 유해를 화장하는 일 등을 미리 알려 줍니다. 신전의 입구에는 풍요의 뿔, 모래시계, 메두사같이 각각의 상징들로 표현되어 있는 신상들이 보입니다. 그래서 신자는 그 상징들로 신들을 알아볼 수 있고 그에 맞는 적절한 기도를 올릴 수 있습니다. 만약 어떤 건물에 간판이나 표지가 없다면, 그건 도시 질서 내에서 그 건물이 차지하고 있는 위치와 형태만으로도 충분히 그 기능, 즉 왕궁, 감옥, 조폐소, 피타고라스 학교, 사창가임을 나타낼 수 있기 때문입니다. 상인들이 판매대 위에 진열해 놓은 상품들도 그 자체로서가 아니라 다른 사물에 대한 기호로서 가치를 가집니다. 수놓은 머리띠는 우아함을, 금도금한 가마는 권력을, 이븐 루슈드[4]의 책들은 학식을, 발찌는 관능을 뜻합니다. 책장을 넘기듯 시선이 거리를 훑고 지나갑니다. 도시는 폐하께서 생각해야 할 모든 것을 말하고 자신의 이야기를 되풀이하게 합니다. 폐하께서는 자신이 타마라를 방문하고 있다고 생각하시지만, 사실은 그저 도시가 자기 자신과 각 부분들을 정의하는 이름을 기록하고 계실 뿐입니다.

도시가 이와 같이 조밀한 기호의 껍질 속에 있기 때문에 여행자는 타마라에서 나올 때에도 도시가 정말 어떤 모습인지, 무엇을 가지고 있는지 혹은 숨기고 있는지를 전혀 알지 못합니다. 도시 밖에는 텅

4 Ibn Rushd(1126~1198). 중세 이슬람의 철학자.

빈 땅이 지평선까지 길게 뻗어 있고 그 위에 펼쳐진 하늘에는 구름이 떠갑니다. 우연과 바람이 만들어 낸 구름의 모습들 속에서 여행자는 어느새 범선, 손, 코끼리의 형상들을 구별하는 데 열중해 있습니다.

도시와 기억 4

여섯 개의 강과 세 개의 산맥 너머에, 한번 방문해 본 사람은 결코 잊지 못하는 도시 조라가 있습니다. 그러나 이 도시가, 잊히지 않는 다른 도시들처럼 기억 속에 평범하지 않은 이미지를 남겨 놓기 때문에 잊힐 수 없는 것은 아닙니다. 조라는 계속 이어지는 길들, 그 길을 따라 서 있는 집들과 대문들과 창문들을 하나하나 기억에 남기는 특징을 가지고 있습니다. 그것들이 특별히 아름답거나 특이한 것도 아닌데 말입니다. 조라의 비밀은, 그 어떤 음도 바꾸거나 옮길 수 없는 악보에서처럼 연달아 이어지는 형상들을 바라보는 방식에 있습니다. 그 도시가 어떻게 만들어졌는지를 기억하는 여행자는 잠 못 이루는 밤이면 조라의 거리를 걷고 있는 상상을 하며 구리 시계, 이발소의 줄무늬 차양, 아홉 개의 구멍에서 물이 뿜어져 나오는 분수, 천문학자의 유리 탑, 수박 장수의 좌판, 은자(隱者)와 사자의 상, 터키 식 목욕탕, 모퉁이의 카페, 항구로 향하는 골목이 차례대로 이어지는 모습을 떠올립니다. 머릿속에서 지워지지 않는 이 도시는 갑옷이나 벌집 같아서 우리는 모두 그것을 이루고 있는 각각의 칸 안에 우리가 기억하고자 하는 것들, 즉 유명한 사람들의 이름, 미덕, 숫자, 식물과 광물의 분류, 전투 날짜, 성좌, 대화의 일부분 같은 것들을 배열할 수 있습니다. 모든 관념과 여정의 각 지점 사이에, 기억을 순간적으로 불러내는 데 이용되는 유사 혹은 대조의 관계가 설정될 수 있을 겁니다. 그렇기 때문에 조라를 기억할 수 있는 사람은 세상에서 가장 지혜로운 사람입니다.

그러나 제가 이 도시를 방문하기 위해 떠난 것은 소용없는 짓이었습니다. 보다 더 잘 기억되기 위해 꼼짝하지 않고 똑같은 모습으로 있을 수밖에 없었던 조라는 힘을 잃고 서서히 붕괴되어 사라져 버렸기 때문입니다. 세상은 조라를 잊었습니다.

도시와 욕망 3

데스피나에 다다르는 방법은 두 가지입니다. 배를 타거나 혹은 낙타를 타고 가는 겁니다. 도시는 육지로 오는 사람과 바다로 오는 사람에게 각기 다르게 나타납니다.

고원의 지평선에 마천루의 뾰족탑과 레이더 안테나가 솟아 있고 흰색과 붉은색 풍향계가 돌아가고 굴뚝이 연기를 내뿜는 것을 본 낙타몰이꾼은 배를 생각합니다. 그게 도시라는 것을 잘 알지만 그는 그것이 자신을 사막에서 항구로 데려다 줄 배, 아직 다 펼쳐지지도 않았는데 벌써 바람에 돛이 부풀어 올라 있는, 이제 막 출항하려는 범선, 혹은 무쇠 용골 속에서 기관들이 진동하고 있는 증기선이라고 생각합니다. 그리고 여러 항구들, 기중기가 부두에 내려놓는 외국 상품들, 다양한 국기를 단 선원들이 서로의 머리 위로 술병을 깨 대는 선술집들, 불이 환히 켜진 1층 창문들, 그 창문 안에 한 명씩 앉아 머리를 빗고 있는 여인들을 생각합니다.

안개 낀 해안에서 도시를 바라보는 선원은 도시가 낙타 등처럼 생겼다고, 앞으로 걸어갈 때마다 두 개의 얼룩 낙타 봉 사이에서 흔들리는, 반짝이는 수술로 장식된 안장처럼 생겼다고 생각하지만 그게 도시라는 것을 잘 알고 있습니다. 그래도 그는 도시가 길마에 포도주를 담은 가죽 부대와 설탕에 절인 과일 바구니, 대추야자 술, 담뱃잎들을 매단 낙타라고 생각합니다. 그래서 선원의 머릿속에 어느새 카라반[隊商]이 나타납니다. 그 긴 행렬은 망망대해에서 뾰족한 잎을 가진 야자수 그늘 아래의 오아시스로, 두꺼운 벽에 하얀 칠을 한 왕궁으로, 베일에 가려지기도 하고 맨살로 드러나기도 하는 두 팔을 움직이며 무희들이 맨발로 춤을 추는, 타일 깐 정원으로 그를 데려갑니다.

모든 도시들은 그것이 마주 보고 있는 사막으로부터 자신의 형태를 부여받습니다. 그래서 낙타몰이꾼과 선원은 두 사막 사이의 경계 도시 데스피나를 보게 됩니다.

도시와 기호들 2

지르마 시에서 돌아오는 여행자들은 아주 독특한 기억들을 가지고 옵니다. 눈먼 흑인이 군중 속에서 소리 지르고, 미치광이가 마천루 지붕 위에서 몸을 내밀며, 젊은 처녀가 가죽 끈에 묶인 퓨마와 산책하는 광경들입니다. 사실 지르마 시의 보도블록을 지팡이로 두드리며 걷는 대다수 맹인들은 흑인이며, 마천루 위마다 이성을 잃은 누군가가 있고, 모든 미치광이들은 지붕 위에서 시간을 보내며, 퓨마들은 모두 처녀의 변덕에 따라 사육되고 있습니다. 도시는 필요 이상의 것들로 넘칩니다. 무엇인가를 머릿속에 각인하기 위해 도시는 스스로를 반복하고 있습니다.

저도 지르마로부터 돌아가고 있습니다. 제 기억에는 창문 높이에서 사방으로 날아다니는 비행선들, 선원들의 몸에 문신을 새겨 주는 가게들이 늘어선 거리, 무더위 때문에 숨도 제대로 못 쉬는 뚱뚱한 여자들로 만원인 지하철들이 포함되어 있습니다. 하지만 저와 여정을 함께한 이들은, 맹세코 도시 첨탑 사이를 날던 비행선은 한 대밖에 보지 못했으며, 바늘과 잉크와 구멍 뚫린 문신 도안을 의자 위에 늘어놓던 문신 새기는 사람도 딱 한 명, 전철 승강장에서 부채질을 하던 뚱뚱한 여인도 역시 단 한 명밖에 보지 못했다고 말합니다. 기억은 필요 이상의 것들로 넘칩니다. 기억은 도시를 존재시키기 위해 기호들을 반복합니다.

섬세한 도시들 1

사람들은 수천 개의 샘으로 이뤄진 도시 이사우라가 지하의 깊은 호수 위에 서 있다고들 상상합니다. 땅에 수직으로 긴 구멍을 파기만 하면 주민들은 어디서든 물을 끌어 올릴 수 있습니다. 하지만 도시의 경계 너머에서도 물을 끌어 올릴 수 있는 것은 아니고, 다만 도시가 자리 잡은 바로 그 지점에서만 그럴 뿐입니다. 초록의 도시 가장자리는 땅속에 묻혀 있는 호수의 검은 윤곽을 반복합니다. 보이지 않는 풍경이 보이는 풍경을 결정짓고, 햇빛 아래 움직이는 모든 것이 석회암의 하늘 아래 갇힌 채 이리저리 흔들리는 물결에 좌우됩니다.

그에 따라 두 종류의 종교가 이사우라에 모습을 드러냈습니다. 어떤 사람들 말에 따르면 도시의 신은 땅속 깊은 곳에, 지하 수맥으로 흘러드는 검은 호수 속에 살고 있다고 합니다. 또 어떤 사람들은 굵은 밧줄에 매달린 채 위로 올라와 우물 가장자리에 모습을 나타낸 두레박 속에, 돌아가는 도르래 속에, 물방아의 권양기 속에, 펌프의 지렛대 속에, 뚫어 놓은 구멍으로부터 물을 끌어 올리는 풍차의 날개 속에, 꼬인 탐침(探針)을 지탱해 주는 구각(構脚) 속에, 지붕 위 각기둥에 얹힌 저수조들 속에, 가느다란 아치형 수도관 속에, 모든 물기둥 속에, 수직의 파이프 속에, 피스톤 속에, 하수관 속에, 그리고 도시 전체가 위를 향해 움직이는 이사우라의 공중 비계보다도 더 높이 서 있는 풍향계 위에까지 신들이 존재한다고 말합니다.

먼 고장의 시찰을 위해 파견되었던 칸의 사신과 세금 징수관들이 카이핑부[開平府]의 왕궁으로, 그리고 쿠빌라이가 목련 나무 그늘 아래로 거닐며 그들의 기나긴 보고를 듣곤 하던 정원으로 제시간에 돌아왔다. 사신들은 페르시아인, 아르메니아인, 시리아인, 콥트인[5], 셀주크인들이었다. 황제는 그의 신하들 모두에게 외국인이었다. 그러니 오로지 외국인들의 눈과 귀를 통해서만 제국은 쿠빌라이 앞에 그 존재를 드러낼 수 있었다. 사신들은 자신들도 이해할 수 없는 언어로부터 들은 소식들을 칸에게 보고했는데, 칸은 그 사신들의 언어를 이해할 수 없었다. 그들은 그 확실치 않은 소리들로 세금 징수원이 걷어 들인 총 액수, 해직당하고 참수당한 관리들의 이름과 성, 가뭄이 들 때면 폭이 좁은 강물에서 물이 흘러드는 수로의 크기 같은 것 들

5 고대 이집트인의 자손.

을 말했다. 하지만 베네치아의 젊은이가 보고를 할 때는 그와 황제 사이에 전혀 다른 의사소통이 이루어졌다. 동방에 도착한 지 얼마 되지 않아 이곳의 언어를 전혀 몰랐던 마르코 폴로는 몸짓과 높이 뛰어오르기, 감탄이나 공포의 비명, 포효하는 동물 울음이나 새소리로, 혹은 여행 가방에서 타조 깃털, 콩알 총, 석영 같은 물건들을 꺼내 자기 앞에 체스 말처럼 늘어놓으면서 하고 싶은 말을 할 수 있었다. 쿠빌라이가 부여한 임무를 마치고 돌아온 이 재능 있는 외국인은 즉석 무언극을 보여 주었고 칸은 그것을 해석해야만 했다. 어떤 도시는 가마우지의 부리에서 달아나다가 그물로 떨어지고 만 물고기의 퍼덕거림으로 표현되었고, 어떤 도시는 불 속을 알몸으로 통과하면서도 화상 하나 입지 않은 남자로, 세 번째 도시는 곰팡이가 슬어 퍼레진 이빨 사이에 순백의 둥근 진주를 물고 있는 해골로 묘사되었다. 칸은 그 기호들을 해석했지만 이런 기호들과 폴로가 방문한 도시들 사이의 관계는 분명하지가 않았다. 그는 마르코가, 여행 중에 겪어야만 했던 모험, 도시를 건설한 사람의 위업, 점성술사의 예언, 이름을 가리키기 위한 수수께끼 혹은 몸짓 놀음을 하고 있다는 것을 전혀 알 수 없었다. 그러나 분명하든 모호하든 마르코가 보여 주는 모든 것들은 상징의 힘을 가지고 있어서 한번 그것을 보면 결코 잊어버릴 수도, 다른 것과 혼동할 수도 없었다. 칸의 머릿속에서 제국은 모래알처럼 유연하고 서로 교환할 수 있는 정보들의 사막으로 투영되었다. 그 사막에서 베네치아인의 수수께끼가 불러낸 형상들은 모든 도시와 지방들로 나타났던 것이다.

계절이 여러 번 바뀌고 사신의 임무를 계속 수행하면서 마르코는 타타르 족의 언어와 각 나라의 수많은 고유어들과 각 부족의 말들을 익혔다. 이제 그의 이야기는 칸이 원하는 대로 더욱 정확해지고 상세해져서 칸이 어떤 질문을 하든 혹은 어떤 호기심을 보이든 다 대답할 수 있었다. 하지만 어떤 장소에 대한 새로운 소식을 들을 때마다 황제는 예전에 마르코가 그곳을 묘사할 때 보여주었던 몸짓과 물건 들을 떠올리곤 했다. 새로운 정보는 그런 몸짓과 물건의 상징으로부터 의미를 부여받는 동시에 그 상징에 새로운 의미를 보태기도 했다. 쿠빌라이는, 어쩌면 제국은 머릿속의 환영들로 이뤄진 황도 십이궁에 불과할지도 모른다고 생각했다.

칸은 마르코에게 물었다.

"내가 상징을 모두 알게 되는 날, 그날엔 마침내 내가 내 제국을 소유할 수 있게 되지 않겠는가?"

그러자 베네치아인이 대답했다.

"폐하, 그렇게 생각하지 마십시오. 그렇게 되는 날에는 폐하 본인이 상징들 속의 상징이 되실 겁니다."

2

칸이 폴로에게 물었다.

"다른 사신들은 내게 기근이나 착취, 역모 들에 대해 미리 주의할 것을 보고하거나 새로 발견된 터키석 광산, 좋은 값으로 거래할 수 있는 담비 가죽에 대한 정보를 알리거나, 다마스쿠스 검의 보급 계획 같은 것을 보고한다네. 그런데 자네는 다른 사신들과 똑같이 먼 고장을 다녀왔는데도 나에게 하는 말이라고는 저녁에 집 현관 앞에 앉아 시원한 바람을 쐴 때 찾아드는 생각 같은 게 전부일세. 그렇다면 자네의 여행이 무슨 의미가 있는 건가?"

마르코 폴로가 대답했다.

"지금은 저녁입니다. 우리는 폐하의 궁전 계단에 앉아 있고, 산들바람이 불어옵니다. 제 말들은 폐하의 주위로 모든 지방들을 되살려 냅니다. 폐하께서는 폐하의 전망대 같은 곳에서 그 지방들을 바라보실 수 있을 겁니다. 궁전 대신에 수상 가옥촌이 있고, 그리고 진흙

더미인 강 하구의 악취가 산들바람에 실려 온다고 해도 말입니다."

"내 시선은 생각에 잠겨 명상을 하는 사람의 시선이네. 그 점은 인정하지. 그러면 자네의 시선은? 자네는 군도(群島)와 툰드라 지대, 산맥을 가로지르며 여행을 하네. 그런데도 자네는 여기서 한 발짝도 움직이지 않은 사람처럼 말하는군."

베네치아인은 쿠빌라이가 화를 내는 것이, 자기 자신의 생각의 끈을 더 잘 따라가기 위해서라는 것을 알고 있었다. 그리고 칸이 머릿속으로 혼자 펼쳐 나가는 추론 속에 이미 자신의 대답과 반박의 자리가 있다는 것도. 다시 말해 폴로와 쿠빌라이 사이에서는 큰 소리로 질문하고 그에 대해 큰 소리로 대답하거나, 두 사람 모두 소리 없이 그것들을 계속 생각하거나 별 차이가 없었다. 실제로 두 사람은 흔들리는 해먹 위에서 쿠션에 몸을 기댄 채, 눈을 가느스름하게 뜨고 조용히 긴 호박(琥珀) 담뱃대로 담배를 피우고 있었다.

마르코 폴로는, 머나먼 도시의 낯선 지역에서 길을 잃으면 잃을수록 거기에 도착하기 위해 지나왔던 다른 도시들을 더 잘 이해하게 되고, 자신의 여정을 다시 훑어보게 되며, 닻을 올렸던 항구, 젊은 시절 친숙했던 장소들, 그리고 집 주위, 그가 어린 시절부터 뛰어놀던 베네치아의 광장을 알아보는 법을 배우게 된다고 대답하는 상상을 했다. (아니 쿠빌라이가 그런 대답을 상상했다.)

그때 쿠빌라이 칸이 폴로의 말을 가로막았다. 아니 가로막는 상상을 했거나, 마르코 폴로가 칸의 질문으로 자신의 말이 끊기는 상상을 했다.

"자네는 항상 뒤를 돌아보며 앞으로 걸어나가는가?" 아니면 "자네가 보는 것은 항상 자네 등 뒤에 있는 것인가?" 더 정확히 말하자면 "자네의 여행은 항상 과거 속에서 진행되는 것인가?"

마르코 폴로가 자신이 찾고 있는 것이 항상 자기 앞에 있는 무엇인가였다는 것을 설명하려면 혹은 설명한다고 상상하거나 설명하는 게 상상이 되거나 혹은 스스로에게 성공적으로 설명할 수 있으려면, 이 모든 것이 다 해당되어야 했다. 그리고 이것이 비록 과거의 문제라 해도 그 과거는 그가 여행을 해 나가는 동안 서서히 변해 왔다. 여행자의 과거는 그가 지나온 여정에 따라 바뀌기 때문이었다. 우리는 하루가 지날 때마다 하루가 덧붙여지는 가까운 과거가 아니라 아주 먼 과거를 이야기하고 있다. 매번 새로운 도시에 도착할 때마다 여행자는 그가 더 이상 가질 수 없었던 자신의 과거를 다시 발견하게 된다. 더 이상 그 자신이 아닌 혹은 더 이상 소유할 수 없는 것의 이질감이, 낯설고 소유해 보지 못한 장소의 입구에서 여행자를 기다리고 있다.

마르코가 어떤 도시로 들어간다. 그는 광장에서 자신의 것일 수도 있었을 삶을, 혹은 그런 한순간을 살고 있는 누군가를 만난다. 그가 아주 오래전 시간 속에서 멈춰 섰더라면 혹은 갈림길에서 선택했던 쪽의 정반대 길을 선택해 오랫동안 떠돌아다니다가 그 광장의 그 남자의 자리로 돌아와 있었더라면, 지금은 마르코 자신이 그 남자의 자리를 차지하고 있었을 것이다. 실제 과거든 아니면 관념상의 과거든, 이제 마르코는 자신의 과거에서 배제되어 있다. 그는 멈춰 설 수가 없다. 그는 그의 다른 과거, 혹은 그의 미래일 수도 있었고 이제는 다른 누군가의 현재가 되어 버린 무엇인가가 그를 기다리고 있는 다른 도시까지 계속해서 가야만 한다. 실현되지 않은 미래들은 과거의 가지들일 뿐이다. 마른 가지들.

이때 칸이 이렇게 물었다.

"자네의 과거를 다시 경험하기 위해 여행하는 것인가?"

이 질문은 이렇게 바꿀 수도 있을 것이다.

"자네는 자네의 미래를 다시 찾기 위해 여행하는 것인가?"

마르코는 대답했다.

"다른 곳은 현실과 반대의 모습이 보이는 거울입니다. 여행자는 자신이 갖지 못했고 앞으로도 가질 수 없는 수많은 것들을 발견함으로써 자기가 가지고 있는 것이 얼마 되지 않는다는 것을 인식하게 됩니다."

도시와 기억 5

마우릴리아를 방문하자마자 여행자는 도시의 예전 모습을 보여 주는 오래된 그림엽서들을 구경해 보라는 청을 받습니다. 한 마리 암탉이 버스 정거장 자리에 있는 지금과 똑같은 광장이 있고, 육교 자리에는 야외 음악당이, 탄약 공장 자리에는 하얀 양산을 쓴 아가씨 두 명이 있습니다. 주민들을 실망시키지 않으려면 여행자는 엽서 속의 도시를 칭찬하고 현재의 도시보다 그것을 더 좋아한다는 걸 보여 줄 필요가 있지만, 정확한 규칙에 따라 일어난 변화에 대한 애석함도 어느 정도 담아내도록 세심한 주의를 기울여야 합니다. 그리고 시골이었던 옛날과 비교해 볼 때 대도시로 변한 마우릴리아의 웅장함과 화려함이 잃어버린 우아함에 대한 보상이 될 수는 없다는 것을 인정해야 합니다. 그렇지만 지금이니까 낡은 엽서를 들여다보며 우아함을 즐기는 것이지, 예전에 마우릴리아의 시골 풍경이 실제로 눈앞에 펼쳐져 있을 때는 우아한 것이라고는 전혀 볼 수 없었습니다. 만약 마우릴리아가 그때의 모습 그대로 남아 있었다면 오늘날에도 우아함을 볼 수 없었을 것입니다. 어쨌든 대도시는 더욱더 많은 매력을 지니게 되었는데, 그것은 사람들이 바뀐 도시의 모습을 통해, 예전의 모습을 다시 생각하며 향수에 젖을 수 있기 때문입니다.

가끔 서로 다른 도시들이 연이어 같은 땅 위에, 같은 이름을 가지고 존재하며, 그런 도시들은 서로를 알지 못한 채, 의사소통 역시 하지 못한 채 태어나고 또 죽어 간다는 말을 그들에게 하지 않도록 조심해야 합니다. 주민들의 이름이 똑같고 목소리의 악센트, 심지어 얼굴 윤곽까지 똑같은 경우가 자주 있습니다. 그렇지만 같은 이름 아래 같은 장소 위에 살던 신들은 한마디 말도 없이 떠나가 버렸고 이방의 신들이 그들의 자리에 둥지를 틀었습니다. 이방의 신들이 옛날의 신보다 더 나은지 혹은 더 나쁜지 자문해 보는 일은 부질없습니다. 낡은 엽서들에 그려진 그림이 예전 마우릴리아의 모습 그대로가 아니라 우연히 현재의 이름과 같은 이름, 즉 마우릴리아라고 불렸던 전혀 다른 도시의 모습인 것처럼, 그 신들 간에도 아무런 연관성이 없기 때문입니다.

도시와 욕망 4

잿빛 돌의 도시 페도라의 한가운데에는 금속 건물이 있고 그 건물의 방들에는 유리로 된 공이 하나씩 있습니다. 각각의 유리 공 안을 들여다보면 파란색 도시가 보이는데, 그것은 또 다른 페도라의 모형입니다. 도시가 이런저런 이유로 오늘날 우리가 보는 모습으로 되지 않았더라면 취하게 되었을 형태들입니다. 각 시대마다 예전의 페도라를 바라보면서 이상적인 도시를 만들 방법을 상상하는 사람이 있었지만, 그것을 모형으로 만들면 그동안 이미 페도라는 더 이상 과거의 그 페도라가 아니게 되었습니다. 어제까지는 가능한 미래였던 것이 이제는 한갓 유리 공으로 만든 장난감에 불과해진 것입니다.

유리 공이 있는 건물은 이제 페도라의 박물관이 되었습니다. 주민들은 모두 이 박물관을 방문했습니다. 그리고 자신의 욕망에 들어맞는 도시를 선택해서 그것을 바라보며, (수로가 말라붙지 않았다면) 수로의 물을 끌어 모아 만든, 해파리들이 헤엄치는 연못에 자신의 모습을 비춰 보는 상상이나, 코끼리 위의 덮개 달린 높은 의자에 앉아 (지금은 도시에서 쫓겨난) 코끼리들만 다니는 길을 지나가는 상상, (이제는 그 주춧돌조차 찾아볼 수 없는) 달팽이 모양의 나선형 첨탑 아래로 달려 내려가는 상상을 합니다.

위대한 칸이시여, 폐하의 제국 지도에서는 돌로 세워진 거대한 페도라나 유리 공 속의 작은 페도라들이 모두 제자리를 가져야 합니다. 모든 도시가 똑같이 실재하기 때문이 아니라, 모든 도시가 똑같이 가상의 도시들일 뿐이기 때문입니다. 돌로 지어진 거대한 페도라에는 아직 존재하지 않지만 꼭 필요한 것으로 받아들여진 게 있고, 공 속의 페도라에는 가능할 것이라 생각했으나 곧 불가능으로 바뀌어 버리는 게 있습니다.

도시와 기호들 3

여행을 하고 있지만 자신이 가는 길에 어떤 도시가 기다리고 있는지 아직 알지 못하는 여행자는 왕궁, 막사, 물방앗간, 극장, 시장이 어떻게 생겼을지 혼자 생각합니다. 제국의 모든 도시에 있는 건물들은 다 각양각색이며 서로 다른 질서에 따라 배치되어 있습니다. 그렇지만 이방인은 낯선 도시에 도착하자마자 솔방울 모양의 탑과 다락방과 건초장 들을 찬찬히 바라보며 아무렇게나 이어져 있는 수로, 밭, 쓰레기장 등을 눈으로 좇다가, 곧 어떤 게 군주의 왕궁이고 어떤 게 위대한 사제들의 신전이며 여관, 감옥, 빈민가가 어디인지를 금방 구별할 수 있게 됩니다. 그렇게 해서, 누군가가 말하듯, 모든 여행자들은 오직 차이로만 이루어진 도시, 형상이나 형식이 없는 도시를 자신의 머릿속에 간직하게 되고, 특별한 도시들이 그 머리를 가득 채워준다는 가정이 확인됩니다.

그러나 조에에서는 그렇지 않습니다. 사람들은 이 도시의 어디에서나 잠을 잘 수 있고, 공구를 만들고, 요리를 하고, 금화를 쌓아 놓고, 옷을 갈아입고, 통치를 하고, 물건을 팔고, 신탁을 청할 수 있습니다. 나병 환자의 병원도, 후궁들의 목욕탕도 전혀 구별 없이 피라미드 모양의 지붕을 얹을 수 있습니다. 여행자는 도시를 끊임없이 돌아다니지만 의구심만 남을 뿐입니다. 도시의 각 부분들을 구별할 수 없기 때문에 그의 머릿속에 또렷이 구별되어 있던 지점들도 뒤섞여 버립니다. 이런 추론을 할 수 있을 겁니다. 매 순간 존재하는 것이 도시의 전부라면, 이 조에 시는 나누어 분리할 수 없는 존재의 장소라 할 수 있을 겁니다. 그렇다면 왜 도시가 존재하는 것일까요? 안과 밖을, 요란한 바퀴 소리와 늑대 울음소리를 갈라놓는 것은 어떤 선일까요?

섬세한 도시들 2

이제 놀라운 도시 제노비아에 대해 말씀드리려 합니다. 이 도시는 마른 땅 위에 자리 잡고 있기는 하지만 굉장히 높은 말뚝들 위에 솟아 있습니다. 대나무와 양철로 지은 집들에는 작은 발코니와 테라스가 아주 많으며, 그 집들은 높이가 다 제각각이고 서로를 가로지르는 지주(支柱) 위에 놓여 있습니다. 나무 사다리와 공중에 매달린 보도가 집들을 서로 연결해 주며, 원뿔 모양의 지붕을 가진 전망대며 물을 비축해 두는 수조, 빙글빙글 도는 풍향계들이 집 위로 높이 솟아 있고, 도르래, 낚싯대, 기중기들이 튀어나와 있습니다.

제노비아를 처음 세운 사람들이 어떠한 필요나 계율이나 바람에 밀려 자신들의 도시를 이런 형태로 만들었는지 기억하는 사람은 아무도 없습니다. 그래서 오늘날 우리가 보는 것과 같은 도시, 아마도 처음부터 계속 겹치고 포개지며 성장했기 때문인 듯, 이제는 그 도면을 알아볼 수 없게 된 도시가 그것들을 충족시켰는지 아닌지에 대해 말할 수가 없습니다. 그러나 분명한 것은, 제노비아에 사는 사람에게 행복한 삶이란 어떤 것이라 생각하는지 묘사해 달라고 부탁하면 그는 자신이, 나무 말뚝들 위에 서 있고 공중 계단이 있는 제노비아 같은 도시를 항상 생각했다고 하리라는 점입니다. 그 제노비아가 깃발과 끈들이 나부끼는, 지금과는 전혀 다른 제노비아일 수 있지만, 어쨌든 그 제노비아 역시 지금의 제노비아라는 최초의 모델에서 끄집어낸 기본 요소들을 조합해 만든 것입니다.

사실 제노비아를 행복한 도시로 분류해야 할지 불행한 도시로 분류해야 할지 결정하는 일은 무의미합니다. 그런 식으로 도시들을 둘로 나누기보다는, 여러 해가 흐르고 변화를 거듭해도 욕망에 자신들의 형태를 부여하기를 계속하는 도시와, 욕망에 지워져 버리거나 욕망을 지워 버리는 도시, 이렇게 두 종류로 나누는 편이 더 의미가 있습니다.

도시와 교환 1

북서풍을 맞으며 130킬로미터를 나아간 후, 여행자는 동지와 하지, 춘분과 추분이면 일곱 나라의 상인들이 모이는 도시 에우페미아에 도착합니다. 생강과 목화를 가득 싣고 그곳에 정박한 배는 피스타치오와 양귀비 씨앗으로 선창을 채우고 닻을 올릴 것입니다. 육두구와 건포도 자루 들을 방금 내려놓은 카라반은 되돌아가기 위해 벌써부터 여러 필의 금빛 모슬린을 길마에 묶고 있습니다. 그러나 강을 건너고 사막을 가로질러 그들이 여기까지 온 것은 칸의 제국 안팎에 있는 어느 시장에서나 똑같이 항상 찾을 수 있는 물품들, 똑같은 모기장 그늘 아래 천편일률적인 노란 깔개 위로 발치에 여기저기 늘어놓은, 똑같이 할인된 바가지 가격을 붙인 물품들을 교환하기 위해서만은 아닙니다. 사고팔기 위해서만 에우페미아에 오는 것이 아니라 밤이 되면 시장 주변에 환히 밝혀지는 모닥불 가에서 자루나 통 위에 앉아 혹은 양탄자 뭉치 위에 누워 누군가 '늑대', '누이', '숨겨진 보물', '전투', '옴', '연인'이라는 말을 할 때마다 다른 사람들도 각자 늑대, 누이, 숨겨진 보물, 전투, 옴, 연인에 얽힌 자기 이야기를 하기 때문이었습니다. 그리고 폐하도 아시다시피, 폐하가 기대하시는 긴 여행 도중 흔들리는 낙타 등이나 정크 선에서 잠을 이루지 못할 때면 폐하께서는 지나간 추억들을 모두 하나씩 곱씹기 시작하실 것입니다. 동지와 하지, 춘분과 추분 때마다 기억이 교환되는 도시 에우페미아에서 돌아오실 때면, 폐하의 늑대는 다른 늑대가 되고 폐하의 누이동생은 다른 누이동생이 될 것이며 폐하의 전투는 다른 전투들이 될 것입니다.

……동방에 갓 도착해서 이곳의 언어를 전혀 알지 못했던 마르코 폴로는 자신의 가방에서 북, 소금에 절인 생선, 멧돼지 이빨로 만든 목걸이 같은 물건들을 꺼내어, 몸짓과 뛰어오르기와 감탄이나 공포의 비명으로 그것들을 가리키거나 승냥이 울부짖음과 올빼미 울음소리를 흉내 내는 방법 이외에는 달리 의사표현을 할 길이 없었다.

그의 이야기를 구성하는 요소들 사이의 연관성을 황제가 늘 분명히 파악했던 것은 아니었다. 사물들은 다양한 것들을 이야기할 수 있었다. 화살이 가득 든 화살통은 전쟁이 임박했음을 나타내기도 하고 사냥감이 넘쳐난다는 것 혹은 무기 제조상의 가게를 뜻하기도 했다. 모래시계는 흘러가는 혹은 흘러간 시간을 의미하거나 모래 혹은 모래시계를 제작한 제작소를 의미하기도 했다.

그러나 쿠빌라이가 소중하게 생각한 것은 의미를 분명하게 전할 수 없는 보고자가 전해 주는 모든 사실이나 정보 주위에 남아 있는 공간, 말로는 채울 수 없는 여백이었다. 마르코 폴로가 자신이 방문한 도시를 보여 주는 묘사는 이런 장점을 가지고 있었다. 머릿속으로 그 도시 한복판을 돌아다닐 수도 있었고 거기서 길을 잃기도 하고 걸음을 멈추고 신선한 공기를 들이켤 수도, 혹은 달음박질로 달아날 수도 있었다.

시간이 흐르면서 마르코의 이야기 속에서 말이 사물과 몸짓을 서서히 대체해 갔다. 처음에는 감탄사, 단음의 명사들, 건조한 동사들이었다가 점차 유창한 문장들, 가지가 뻗고 잎이 무성한 긴 이야기들, 은유와 암시들로 이어졌다. 이방인은 황제의 언어를 배웠다. 아니 황제가 이방인의 언어를 이해했다.

그러나 두 사람 사이의 의사소통은 예전만큼 즐겁지 않았다. 물론 언어는 각 지방과 도시에서 가장 중요한 것들, 즉 기념비, 시장, 의상, 동물군, 식물군을 열거하는 데 사물들과 몸짓들보다 훨씬 더 유용했다. 그렇지만 폴로가 그런 지역들에서의 삶이 어떻게 이루어지는지에 대해 이야기를 시작하게 되자 하루하루, 저녁마다 말이 점점 줄어들었고 다시 서서히 몸짓, 얼굴 찡그리기, 눈짓에 의지하게 되었다.

그래서 각 도시마다 정확하게 말로 표현되는 기본적인 정보들에 뒤이어, 손을 들어 손바닥을 보이거나 손등 혹은 옆면을 보이기도 하고 곧게 혹은 사선으로, 격렬하게 혹은 천천히 움직여 소리 없는 설명을 덧붙였다. 두 사람 사이에 새로운 대화 형태가 자리 잡았다. 손가락마다 반지를 낀 칸의 하얀 손이 베네치아 상인의 민첩하고 활기찬 손에 품위 있게 대답을 했다. 서로에 대한 이해가 자라나면서 손의 움직임은 안정되기 시작했고 손을 바꾸거나 움직임을 되풀이할 때 그 각각은 영혼의 움직임과 모두 일치했다. 사물에 관한 어휘가

상품의 새로운 견본에 따라 새로워지는 반면, 소리 없이 몸짓으로 이루어진 설명 목록은 제한되고 고정되어 가는 경향이 있었다. 거기에 의지하는 기쁨도 두 사람 모두에게서 차츰 줄어들었다. 그들 대화의 대부분은 소리 없이 꼼짝도 하지 않는 것이었다.

3

쿠빌라이 칸은 마르코 폴로의 도시들이 서로서로를 닮았다는 사실을 깨달았다. 마치 이런저런 도시의 풍경은 여행이 아니라 기본 요소들의 교환과 관련이 있는 것 같았다. 이제 칸은 머릿속으로 마르코가 그에게 묘사했던 모든 도시에서부터 자기 나름대로 출발을 했다. 그래서 도시를 조각조각 분해하고, 그 재료를 다른 것으로 대체하고 옮기고 뒤바꾸면서 전혀 다른 방식으로 도시를 다시 건설했다.

한편 마르코는 계속해서 자신의 여행에 대해 보고했지만 황제는 더 이상 그의 말을 듣지 않았고 이렇게 말을 가로막았다.

"이제부터는 내가 직접 도시를 묘사할 테니 그런 도시가 존재하는지, 그리고 그곳이 내가 생각했던 대로 정말 그런 모습인지 자네가 확인해 주게. 먼저 시로코[6]가 불어오는 반달 모양의 만에, 계단으로

6 북아프리카에서 남유럽으로 부는 열풍.

이루어진 도시가 있는지 묻고 싶네. 이제 그 도시가 지니고 있는 경이로운 것들 몇 가지를 들려주도록 하지. 대성당처럼 높다란 유리 장(欌)이 있는데 이것은 그 안에서 유영(遊泳)하기도 하고 그 위를 날기도 하는 바다제비의 움직임을 관찰하여 그것을 통해 점을 치기 위한 것이지. 그리고 바람이 불면 잎에서 하프 소리가 나는 야자나무가 있다네. 또 쇠 편자가 달린 대리석 테이블에 에워싸인 광장이 있네. 그 테이블에는 새하얀 대리석 테이블보가 덮여 있고 역시 대리석으로 만든 온갖 종류의 음식과 음료가 차려져 있지."

"폐하, 폐하께서는 제 말을 제대로 듣고 계시질 않았습니다. 폐하께서 제 말을 가로막으셨을 때 저는 바로 그런 도시를 이야기하고 있었습니다."

"그런 도시를 아나? 어디 있지? 이름이 뭔가?"

"이름도 장소도 없습니다. 무엇 때문에 제가 그 도시를 묘사했는지 다시 말씀드리겠습니다. 상상할 수 있는 도시들의 수에서, 구성 요소들이 서로를 연결하는 선도, 내적 규칙, 전망, 논의도 없이 모여 있는 도시의 수를 제외할 필요가 있습니다. 그건 꿈과 같은 도시들입니다. 가능한 모든 것을 꿈꿀 수 있지만 가장 예기치 못한 꿈은 욕망을 숨기고 있는 수수께끼, 혹은 완전히 전도된 욕망, 두려움입니다. 꿈과 마찬가지로 도시들은 욕망과 두려움으로 건설되었습니다. 비록 그들이 나누는 이야기의 줄거리가 비밀이라 해도, 그들의 규율이 비합리적이고 그 전망이 속임수에 불과하다 해도, 그리고 모든 것이 또 다른 것을 숨기고 있다 해도 말입니다."

"난 욕망도 두려움도 없어. 그리고 내 꿈은 정신이나 우연으로 이루어진다네."

칸이 분명하게 말했다.

"도시들 역시 자신들이 정신이나 우연의 산물이라고 믿고 있지만 정신과 우연만으로 도시의 성벽이 지탱될 수는 없습니다. 폐하께서는 도시의 일곱 혹은 일흔 가지 경이로움을 즐기시는 것이 아니라 폐하의 질문에 대해 도시가 주는 답을 즐기고 계십니다."

"혹은 테베가 스핑크스의 입을 통해 던졌던 질문처럼, 도시가 자네에게 대답을 강요하며 제시했던 그런 질문에 대한 답이겠지."

도시와 욕망 5

거기서 출발해 여섯 번의 낮과 일곱 번의 밤을 여행한 사람은 달빛이 환히 비치고 도시의 거리들이 실타래처럼 감기는 하얀 도시 조베이데에 도착합니다. 거리들은 이 도시가 어떻게 세워졌는지를 이야기해 줍니다. 여러 나라의 남자들이 똑같은 꿈을 꾸었습니다. 그들은 꿈속에서, 한밤중에 긴 머리를 뒤로 넘기고 알몸으로 낯선 도시를 달리는 한 여인을 보았습니다. 그들은 그녀를 추격하는 꿈을 꾸었습니다. 이리저리 달렸지만 모두 그녀를 놓쳐 버리고 말았습니다. 꿈에서 깬 뒤 그들은 그 도시를 찾아 길을 떠났습니다. 도시는 찾을 수 없었지만 그들은 서로를 발견하게 되었습니다. 그들은 꿈속에서 본 도시를 건설하기로 결정했습니다. 거리를 설계할 때 남자들은 모두 자기가 여자를 뒤쫓았던 그 길을 다시 만들었습니다. 달아나던 여인의 자취를 잃어버린 지점에서는 공간과 벽들을 꿈과는 전혀 다르게 배치해서 여인이 절대 달아날 수 없게 만들었습니다.

이게 바로, 남자들이 어느 날 밤엔가 다시 그 꿈을 꿀 수 있기를 기다리며 세운 도시, 조베이데였습니다. 꿈속에서나 깨어 있을 때나 그 여인을 다시 본 사람은 아무도 없었습니다. 도시의 거리들은 남자들이 매일 일터로 나갈 때 지나는 길들이 되었고, 이제 꿈에서의 추격과는 아무런 관련도 없어졌습니다. 게다가 그들은 이미 오래전에 꿈을 잊어버렸습니다.

그들과 똑같은 꿈을 꾼 다른 남자들이 여러 지방에서 왔습니다. 새로 온 남자들은 조베이데 시에서 그들이 꿈에서 보았던 몇몇 거리들을 발견했습니다. 그들은 추격당하던 여인이 갔던 길과 더 비슷하게 만들기 위해, 그리고 그녀가 사라졌던 지점에 탈출로를 남겨 두지 않기 위해 주랑과 계단의 위치를 바꿨습니다.

맨 처음 도착했던 사람들은 이렇게 보기 흉한 도시, 이런 함정 같은 도시 조베이데의 어떤 매력이 이 사람들을 끌어들였는지 이해할 수 없었습니다.

도시와 기호들 4

머나먼 고장을 여행하는 이는 생소한 언어에 직면하게 마련이지만 히파티아 시에서 그를 기다리고 있는 언어적 변화와 같은 것은 어디에도 없습니다. 그 도시에서 언어의 변화는 말이 아니라 사물과 관련이 있기 때문입니다. 어느 날 아침 저는 히파티아에 들어갔습니다. 정원의 목련이 파란 석호(潟湖)에 그림자를 드리우고 있었고, 저는 그 호수에서 목욕 중인 젊고 아름다운 여인들을 볼 수 있을 거라고 확신하고 관목 사이를 걸어갔습니다. 그러나 물속에서는 목에 돌을 매고 자살해서 머리카락에 초록 해초들이 뒤얽힌 여자들의 눈을 게들이 파먹고 있었습니다.

저는 속았다는 생각이 들어서 술탄에게 처벌을 청하고 싶었습니다. 저는 높은 돔들로 이루어진 왕궁의 반암(斑岩) 계단을 올라가서 타일이 깔려 있고 분수들이 물을 뿜는 여섯 개의 정원을 가로질렀습니다. 중앙 홀에는 철책이 둘러쳐져 있었습니다. 검은 쇠사슬에 발이 묶인 수형자들이 지하에 자리 잡은 채석장에서 현무암 덩어리들을 끌어 올리고 있었습니다.

제가 할 수 있는 일은 철학자들에게 질문을 하는 것뿐이었습니다. 저는 큰 도서관으로 들어갔습니다. 그러나 양피지로 제본된 책들의 무게를 이기지 못하고 무너져 가고 있는 책꽂이 사이에서 그만 길을 잃고 말았습니다. 저는 사라진 알파벳의 순서를 따라 복도를 이리저리 오가고 계단과 다리를 지났습니다. 제일 멀리 떨어져 있던, 파피루스 서적들을 넣어 둔 방으로 들어서자 연기 구름 속에서 매트 위에 누워 있는 젊은이의 몽롱한 두 눈이 보였습니다. 그는 아편이 든 담뱃대를 입에서 떼지 않았습니다.

"현인은 어디 있나?"

아편쟁이는 창밖을 가리켰습니다. 창밖에는 나인핀스[7]의 핀, 그네, 팽이 같은 어린아이들의 놀이 기구들이 있는 정원이 있었습니다. 철학자는 풀밭에 앉아 있었습니다.

"기호들이 언어를 형성하기는 하지만, 그것은 당신이 알고 있다고 생각하는 그런 언어가 아니오."

저는 여기까지 오는 동안 제가 찾던 것들을 알려 주었던 이미지들로부터 자유로워져야만 한다는 것을 깨달았습니다. 그렇게 할 때만 제가 히파티아의 언어를 이해할 수 있을 것이었습니다.

이제는 말 울음소리 그리고 채찍으로 말을 때리는 소리를 듣기만 해도 관능적인 전율이 저를 사로잡습니다. 히파티아에서는, 허벅지를 다 드러내 놓고 각반으로 종아리를 덮은 채 말안장 위에 올라앉

---

7 아홉 개의 핀을 세워놓고 공을 굴려 쓰러뜨리는 놀이.

은 아름다운 여인을 보고 싶을 때, 마구간으로 들어갑니다. 낯선 젊은이가 다가가면 바로 그 순간 여인들이 그를 건초 더미 위에 혹은 톱밥 더미 위에 쓰러뜨리고 단단한 젖꼭지로 누를 겁니다.

그리고 제 영혼이 음악 이외의 다른 영양분이나 자극을 원하지 않을 때에는 묘지를 찾아가면 된다는 것을 알고 있습니다. 연주자들은 무덤 사이에 숨어 있습니다. 무덤 여기저기에서 떨리는 듯한 피리 소리와 조화로운 하프 소리가 화답을 합니다.

물론 히파티아에서도 도시를 떠나는 게 제 유일한 바람이 되는 날이 찾아올 것입니다. 저는 항구로 내려가는 것이 아니라 요새에서 가장 높은 첨탑 위로 올라가서 배가 그 위로 지나가길 기다려야 한다는 것을 알고 있습니다. 그런데 배가 지나가기는 할까요? 속임수가 없는 언어는 없습니다.

섬세한 도시들 3

아르밀라가 미완성이어서 혹은 파괴되어서 그런 것인지 마법 때문에 혹은 그저 단순한 변덕 때문에 그런 것인지 저는 모릅니다. 사실 이 도시에는 담도 천장도 바닥도 없습니다. 수도관을 제외하고는 그곳을 도시처럼 보이게 하는 요소는 전혀 없습니다. 수도관들은 틀림없이 집들이 있어야 할 곳에서는 수직으로 올라가고 집의 바닥이 되어야 할 부분에서는 수평으로 넓게 퍼집니다. 숲을 이룬 관들의 끝에는 수도꼭지, 샤워기, 홈통과 배수관이 달려 있습니다. 가지에 매달려 있는 때늦은 과일들처럼, 하늘을 배경으로 세면대와 욕조나 다른 자기 제품들이 하얗게 빛나고 있습니다. 어떤 사람은 배관공들이 자기 일이 끝나자 벽돌공들이 도착하기를 기다리지도 않고 떠난 것 같다고 말하기도 합니다. 혹은 견고한 수도관 시설들이 어떤 파국적인 상황, 지진이나 흰개미에 의한 부식에서 살아남은 것 같다고도 합니다.

처음에 버려져 있었을 때나 나중에 사람이 살고 있었을 때나 아르밀라가 적막했다고 말할 수는 없습니다. 언제든 수도관 사이로 눈을 들면 적당한 키의 젊고 날씬한 여자 한둘, 혹은 아주 많은 여자들을 쉽게 발견할 수 있습니다. 그녀들은 나무 욕조 속에서 몸을 덥히고 있거나, 공중에 걸려 있는 샤워기 밑에서 둥글게 등을 구부리고 있거나, 목욕을 하거나, 향수를 뿌리거나, 거울을 보며 긴 머리를 빗고 있습니다. 샤워기에서 부채처럼 퍼져 나오는 물줄기, 수도꼭지에서 떨어지는 물, 뿜어져 나오는 물, 이리저리 튀는 물, 스펀지의 거품들이 햇빛 속에서 반짝입니다.

저는 이런 해석에 도달했습니다. 아르밀라의 수도관들 속으로 흐르는 물의 주인은 요정과 나이아스[8]라는 겁니다. 지하 수맥을 따라 여행하는 데 익숙한 그녀들에게 새로운 물의 왕국으로 들어가 수많은 수도관에서 솟아 나오고, 새로운 거울, 새로운 놀이, 물을 즐길 수 있는 새로운 방법을 찾기란 너무나 쉬운 일입니다. 그녀들이 도시로 침입하면서 사람들을 쫓아냈을 수도 있고, 물을 남용한 것에 화가 난 요정들의 마음을 달래 주기 위해 그녀들에게 바칠 선물로 도시가 건설되었을 수도 있습니다. 어쨌든 지금 요정들은 행복한 것 같습니다. 아침이면 그녀들의 노랫소리가 들려오니까요.

---

8 그리스 신화에 나오는 물의 요정으로 '흐르다'라는 뜻의 그리스어 'naiein'에서 파생된 말.

도시와 교환 2

대도시인 클로에의 거리를 지나는 사람들은 서로를 알아보지 못합니다. 서로 마주치게 되면 그들은 서로 다른 일들, 그들 사이에 일어날 수도 있는 만남, 대화, 놀라운 일, 애무, 상처 등을 상상합니다. 그러나 아무도 인사를 하지 않으며 눈이 마주치면 곧바로 눈을 서로 피해 다른 사람의 눈을 찾습니다. 걸음을 멈추는 일도 없습니다.

한 아가씨가 어깨에 걸쳐 놓은 양산을 흔들며, 둥그스름한 엉덩이도 살랑살랑 흔들며 지나갑니다. 자신의 나이를 고스란히 드러내는 검은 옷을 입은 여인이 지나갑니다. 베일에 가려진 두 눈은 불안해 보이며 입술은 떨리고 있습니다. 문신을 한 거인이 지나갑니다. 머리가 하얀 젊은이, 난쟁이 여인, 산홋빛 옷을 입은 쌍둥이가 지나갑니다. 그들 사이로 무엇인가가 흐릅니다. 형상과 형상을 잇고 화살, 별, 삼각형들을 그리는 선처럼 시선들이 오갑니다. 그러다가 한순간 모든 조합들이 사라져 버리고 다른 등장인물들이 무대에 등장합니다. 치타를 끈에 묶어 데리고 다니는 맹인, 타조 깃털 부채를 든 창녀, 청년, 뚱뚱한 여자들이 나타납니다. 우연히 비를 피해 같은 주랑 아래 함께 서 있는 사람들처럼, 혹은 시장 천막 밑에 모여든 사람들처럼, 혹은 광장에서 악단의 연주를 듣기 위해 걸음을 멈춘 사람들처럼, 말 한마디 나누지 않은 채, 손가락 하나 스치지 않은 채, 눈은 거의 들지도 않은 채 만남이 이뤄지고 유혹, 섹스, 난교가 이루어지는 겁니다.

음란한 떨림이, 도시 중에서도 가장 순결한 도시 클로에를 계속 움직입니다. 남자와 여자들이 계속 부질없는 그들의 꿈을 키워 나가기 시작한다면, 모든 유령이 사람이 되어 추적, 거짓, 오해, 충돌, 억압의 역사를 시작할 것이고 환상의 회전목마는 멈추게 될 겁니다.

도시와 눈들 1

고대인들은 호숫가에 발드라다 시를 세웠습니다. 이 도시의 집들에는 모두 베란다가 층층이 달려 있고, 난간이 달린 고가 도로들은 호수 쪽으로 나 있습니다. 그래서 여행자는 이 도시에 도착하면서 두 개의 도시를 보게 됩니다. 호수 위에 똑바로 서 있는 도시와 호수에 거꾸로 비친 도시가 그것입니다. 두 개의 발드라다에서 모든 것이 똑같이 존재하고 모든 일이 똑같이 되풀이됩니다. 도시의 각 지점이 모두 호수에 반사되도록 건설되었기 때문입니다. 그리고 물에 비친 발드라다는 호수 위에 높이 선 건물 정면에 파인 홈이나 돋을새김뿐만 아니라 천장과 바닥이 있는 각 방의 내부, 길게 뻗은 복도들, 옷장의 거울들까지 모두 포함하고 있습니다.

발드라다의 주민들은 그들의 모든 행동이 자신들의 행동인 동시에 거울 같은 호수 표면에 반사된 상이라는 것을, 그리고 그 상은 특별한 위엄을 지닌다는 것을 잘 알고 있습니다. 이 사실을 의식하는 탓에 그들은 우연과 망각에 단 한 순간도 몸을 맡기지 못합니다. 연인들이 상대방을 더욱 기쁘게 해 줄 방법을 찾으며 살과 살을 맞대고 알몸으로 뒤엉킬 때에도, 살인자들이 목의 시커먼 정맥 속으로 칼을 밀어 넣고 끈적끈적한 피가 흘러나오면 나올수록 더 깊숙이 찔러 힘줄 사이로 파고들게 할 때에도, 그들의 성교나 살인은 거울에 비친 선명하고 차가운 성교와 살인의 이미지만큼 중요하지 않습니다.

거울은 사물들의 가치를 높이기도 하고 부정하기도 합니다. 거울에 비쳐졌다 해서 모든 게 다 가치 있어 보이는 것은 아닙니다. 발드라다에 존재하는 것, 혹은 일어나는 일들 중 그 어떤 것도 좌우 대칭을 이루지 않기 때문에 쌍둥이 도시는 동일하지 않습니다. 모든 얼굴과 행동이 거울에서는 정확히 뒤집어진 얼굴과 행동으로 나타납니다. 두 개의 발드라다는 계속 서로의 눈을 바라보며 서로를 위해 살아가지만 상대방을 사랑하지는 않습니다.

칸은 어떤 도시를 꿈꾸었고 그 도시를 마르코 폴로에게 묘사한다.

"항구는 북쪽에 면해 있고 그늘져 있네. 부두는 검은 바닷물 위에 높이 서 있어. 바닷물은 쉼 없이 부두 벽으로 와 부딪히지. 해초로 뒤덮인 미끄러운 돌계단이 아래로 내려가고, 타르 칠을 한 보트들이 정박지에서 떠날 사람들을 기다리고 있네. 사람들은 가족들에게 작별 인사를 하느라 차마 부두를 떠나지 못하고 있어. 말없이 눈물 속에서 이별을 하고 있네. 날씨는 춥다네. 모두들 목도리를 두르고 있지. 뱃사공들의 외침에 사람들은 떨어지지 않는 발걸음을 옮긴다네. 여행자는 몸을 움츠리고 뱃머리에 서 있네. 부두에 남아 있는 사람들을 바라보며 멀어져 가지. 부둣가에서는 이미 그의 윤곽을 알아볼 수 없다네. 안개가 자욱해. 보트는 정박 중인 대형 선박으로 다가가지. 점처럼 작아진 사람이 사다리를 타고 올라가고, 이윽고 그의 모습은 사라진다네. 닻줄 관을 긁으며 끌려 올라가는 녹슨 쇠사슬 소리가 들린다네. 남은 사람들은 부두의 바위 위에 세워진 성벽에 매달려 배가 곶을 돌아갈 때까지 눈으로 배를 좇는다네. 그러다가 마지막으로 흰 손수건을 흔들지.

떠나게. 해안가를 모두 돌아다니며 이런 도시를 찾아보게. 그리고 돌아와서 내 꿈이 사실에 들어맞는다고 말해 주게."

"용서하십시오, 폐하. 조만간 저는 틀림없이 그 항구에서 배를 타게 될 겁니다. 그렇지만 폐하께 그 도시에 대해 보고하러 돌아오지는 않을 겁니다. 그 도시는 존재하며 단순한 비밀을 간직하고 있습니다. 도시는 돌아오는 것이 아니라 떠나는 것만을 알고 있을 뿐입니다."

4

쿠빌라이 칸은 호박(琥珀) 담뱃대를 입에 꽉 물고, 자수정이 박힌 높은 칼라에 수염을 비비고, 비단 슬리퍼 속에서 엄지발가락을 신경질적으로 둥글게 구부린 채, 눈 한번 들지 않고 마르코 폴로의 보고를 듣고 있었다. 저녁마다 우울한 안개가 그의 마음을 무겁게 짓눌렀다.

"자네의 도시들은 존재하지 않아. 어쩌면 한번도 존재한 적이 없었는지도 모르지. 물론 앞으로도 존재하지 않을 걸세. 자네는 무엇 때문에 위안이 되는 그런 이야기들로 마음을 달래며 시간을 보내는 건가? 내 제국이 늪 속의 시체처럼 썩어 가고 있다는 걸 잘 나는 알고 있네. 그 썩은 시체의 병균이 시체를 쪼아 먹는 까마귀들과 그 오수를 거름으로 해서 자라는 대나무들을 병들게 하지. 자네는 왜 이런 이야기를 하지 않는 건가? 왜 타타르 족 황제에게 거짓말을 하는 건가, 이방인이여?"

폴로는 우울한 황제의 비위를 맞출 줄 알았다.

"그렇습니다. 제국은 병들었습니다. 그리고 더 나쁜 것은 제국이 자신의 상처에 익숙해지려고 한다는 것입니다. 제 탐험의 목적은 이것입니다. 아직도 언뜻언뜻 보이는 행복의 흔적들을 자세히 찾아나가면서 그것이 얼마나 부족한지를 측정해 보는 겁니다. 폐하의 주위가 얼마나 어두운지 알고 싶으시다면 멀리 보이는 희미한 불빛 쪽을 뚫어지게 바라보셔야 합니다."

하지만 이와는 반대로 칸이 발작적일 정도의 행복감에 사로잡히는 일도 자주 있었다. 그는 방석에서 일어나 자기 발밑의 통로에 길게 깔아놓은 양탄자 위를 성큼성큼 걸으며 길이를 쟀고, 테라스 난간에 몸을 내밀고 삼나무에 걸어둔 램프의 불빛에 환히 빛나는 드넓은 왕궁의 뜰을 황홀한 듯 둘러보았다.

"하지만 나는 내 제국이 수정 같은 재료로 만들어졌고 그 미립자들이 완벽한 설계에 따라 배치되어 있다는 것을 알고 있네. 그 성분들이 들끓어 오르는 한가운데서, 투명한 다면체인 거대한 산이, 눈부시고 단단한 다이아몬드가 만들어지지. 자네가 여행에서 받은 인상은 실망 가득한 외면에만 머물러 있을 뿐, 제어할 수 없는 이런 과정들은 포착하지 못하고 있어. 무엇 때문인가? 왜 그렇게 본질과는 무관한 우울에 빠져 머뭇거리고 있는 건가? 왜 위대한 제국의 운명을 황제에게 숨기는 건가?"

마르코가 대답했다.

"폐하, 폐하의 손짓 한 번에 따라 하나밖에 없는 마지막 도시의 성벽들이 흠 하나 없이 높이 세워지는 동안, 저는 그 새 도시에 자리를 넘겨주기 위해 사라졌을 다른 가능한 도시, 다시 세워지거나 기억될 가망이 없는 그 도시의 재를 긁어모을 겁니다. 그 어떤 보석으로도 보상할 수 없는 불행의 잔재들을 인식하실 수 있을 때에만 폐하께서는 마지막 다이아몬드가 가져야 하는 정확한 캐럿을 계산하실 수 있을 겁니다. 그러면 폐하의 계산에는 처음부터 실수가 없을 겁니다."

도시와 기호들 5

현명하신 쿠빌라이여, 도시를 묘사하는 말들과 도시 자체를 혼동해서는 절대 안 된다는 것을 폐하보다 더 잘 아는 이는 없습니다. 하지만 도시와 이야기 사이에는 관계가 있습니다. 상품들과 이윤이 풍요롭게 넘쳐나는 도시 올리비아에 대해 묘사하려면, 금은으로 섬세하게 장식되고, 양쪽으로 열리는 창턱 앞에 장식 술 달린 쿠션이 놓여 있는 대저택을 이야기하는 방법밖에 없습니다. 격자창 너머의 스페인 식 정원에서는 빙글빙글 돌아가는 물뿌리개가 잔디밭 위로 물을 뿌리고, 하얀 공작이 그 잔디밭에서 꼬리를 펴는 이야기 같은 것 말입니다. 그렇지만 이런 말들을 통해서도 폐하께서는 올리비아의 집집마다 벽들이 온통 검댕과 기름때로 뒤덮여 있어 도시 전체가 시커멓다는 것을 금방 아실 수 있을 겁니다. 또 사람들로 붐비는 거리에서 이동 중이던 트레일러들이 보행자들을 벽 쪽으로 밀어붙인다는 것도 아시게 될 겁니다. 주민들의 근면성에 대해 말씀드려야 한다면 저는 가죽 냄새가 진동하는 마구(馬具) 제작소, 라피아[9] 양탄자를 짜면서 수다 떠는 여인네들, 물의 낙차를 이용해 풍차 날개를 움직이는, 공중에 떠 있는 수로들을 이야기할 수 있을 겁니다. 하지만 이런 단어들이 폐하의 지혜로운 의식 속에 환기시키는 이미지는, 작업반의 교대 시간이 될 때까지 정해진 시간 동안 수천 명의 손이 수천 번 되풀이했던, 선반의 톱니에 맞물리는 굴대를 움직이는 동작입니다. 올리비아의 정신이 어떻게 자유로운 삶과 세련되고 우아한 문화를 지향하는지를 설명해야만 한다면, 한밤중에 환하게 불 밝힌 카누를 타고 초록의 강둑 사이를 지나며 노래하는 귀부인들 이야기를 들려드려야 할 겁니다. 그러나 매일 밤 남자와 여자들이 몽유병 환자들처럼 줄을 지어 배에서 내리는 변두리에는 항상 어둠 속에서 웃음을 터뜨리고 농담을 하며 빈정대는 사람들이 있다는 점만은 기억하셔야 합니다.

어쩌면 폐하께서는 이 점을 모르실 수도 있습니다. 올리비아에 대해 말하기 위해서는 다른 말이 필요 없다는 것 말입니다. 정말 양쪽으로 여는 창문과 공작, 마구 제작인, 양탄자 짜는 여자와 카누와 초록 강둑으로 된 올리비아가 있다면 그것은 파리로 꽉 찬 보잘것없는 구멍일 수도 있습니다. 이 구멍을 묘사하기 위해 저는 검댕, 귀에 거슬리는 바퀴 소리, 되풀이되는 손놀림, 빈정거림의 은유에 의지해야만 할 것입니다. 거짓은 말이 아니라 사물 속에 있습니다.

9 야자과 식물로 잎에서 섬유를 뽑아낼 수 있다.

섬세한 도시들 4

소프로니아 시는 반쪽짜리 도시 두 개로 이루어져 있습니다. 한 도시에는 레일이 급경사를 이룬 롤러코스터, 방사상의 사슬에 연결된 회전목마, 회전식 관람차, 오토바이 운전자가 고개를 움츠리고 달려야 하는 죽음의 활주로, 한가운데 그네들이 여러 개 매달려 있고 지붕이 높은 서커스 천막이 있습니다. 다른 반쪽의 도시는 돌과 대리석과 시멘트로 되어 있어, 은행, 공장, 대저택, 도살장, 학교와 그 밖의 것들이 모두 있습니다. 반쪽의 도시들 중 하나는 영속하는 것이고 다른 하나는 일시적인 것입니다. 그래서 머물러야 할 시간이 끝나면 사람들이 그 도시의 못을 빼고 해체해서, 다른 반쪽의 도시에 있는 공터에 다시 세우기 위해 그것들을 가지고 갑니다.

그렇게 매년 인부들이 대리석 박공을 떼어내고 돌 벽과 시멘트 기둥을 분해하고 관공서와 기념관, 부두와 정유소, 병원을 해체하고 그것들을 트레일러에 신습니다. 이 광장 저 광장으로, 매년 정해진 여정을 따라가기 위해서입니다. 이제 곤두박질치는 롤러코스터에서 질러대는 고함과 함께, 사격 연습장과 회전목마들이 있는 반쪽 소프로니아만 남게 됩니다. 그리고 남아 있는 소프로니아는 며칠이, 몇 달이 지나야 카라반이 다시 돌아올지, 완전한 삶이 다시 시작될지를 계산하기 시작합니다.

도시와 교환 3

에우트로피아가 수도인 지방에 들어간 여행자는 하나가 아니라 많은 도시들을 보게 됩니다. 도시들은 크기가 모두 같고 서로 다른 점이 없으며 광대하고 완만하게 기복이 진 고원 위에 흩어져 있습니다. 에우트로피아는 하나의 도시가 아니라 이 도시들 모두입니다. 한 번에 한 도시에만 사람이 살고 나머지 다른 도시들은 비어 있다가, 사람들이 차례로 도시를 바꾸어 삽니다. 이제 제가 어떻게 된 건지 말씀드리겠습니다. 에우트로피아 주민들이 주체할 수 없이 피로를 느껴 모두들 자기 직업이나 친지, 집과 거리, 의무, 인사해야 할 사람, 혹은 인사를 해 오는 사람 전부를 참을 수 없는 날이 찾아옵니다. 그러면 시민들은 모두 새로운 도시로, 텅 빈 상태로 그들을 기다리는 옆 도시로 옮겨 가기로 결정합니다. 그 도시에서 그들은 각자 새 직업을 구하고 다른 아내를 얻으며, 열린 창문으로 다른 풍경을 보게 됩니다. 밤마다 다른 친구들과 어울려 다른 여가를 즐기고 다른 수다를 떨

수 있습니다. 그렇게 그들의 삶은, 위치 혹은 경사나 물의 흐름이나 바람들 때문에 다른 도시들과 약간의 차이를 보이는 여러 도시들로 이리저리 이사를 다니면서 새로워집니다. 그들의 사회가 부나 권력에서 큰 차이 없이 정비되어 있기 때문에 직무를 바꾸어 맡아도 동요는 거의 일지 않습니다. 다양성은 다양한 책임들에 의해 보장되므로 삶의 공간에서 이미 한번 맡았던 임무를 다시 맡는 일은 거의 없습니다.

그렇게 도시는 텅 빈 체스 판의 위아래로 이동하면서 어디서나 똑같은 자신의 삶을 되풀이합니다. 주민들은 등장하는 배우가 바뀐 똑같은 장면으로 돌아가 연기를 합니다. 그들은 다양하게 변화된 악센트로 똑같은 대사를 다시 말합니다. 똑같은 하품을 하기 위해 입 모양을 바꾸며 입을 딱 벌립니다. 제국의 모든 도시들 중 에우트로피아만이 항상 똑같은 모습으로 남아 있습니다. 이 도시는 변덕스러운 신 메르쿠리우스[10]에게 바쳐졌고, 메르쿠리우스가 이런 기묘한 기적을 만들어 냈습니다.

---

10 로마 신화에 나오는 상업의 신.

도시와 눈들 2

젬루데 시는 그것을 바라보는 사람의 기분에 따라 형태가 바뀝니다. 만일 도시를 지나가면서 휘파람을 불다가 얼굴을 들면, 폐하께서는 아래에서 위로 도시를 보실 수 있습니다. 창턱, 바람에 날리는 커튼, 뻗어 나오는 분수의 물줄기가 보일 겁니다. 만일 고개를 숙이고 주먹을 꽉 쥐고 걸어간다면, 폐하의 시선은 땅바닥과 개울, 하수구 뚜껑, 생선 비늘, 종이 쓰레기 들에 머물게 될 것입니다. 이 중 어느 것 하나가 도시의 진정한 모습이라고 말할 수는 없겠지만, 아래쪽의 젬루데에 가라앉은 채 매일 같은 거리를 지나고 아침이면 담벼락 아래 달라붙어 있는 전날의 불쾌한 찌꺼기들을 발견하며 도시를 기억하는 사람들이 특히 위쪽의 젬루데 이야기를 하는 것을 들으실 수 있을 겁니다. 조만간 모든 이들이 홈통을 따라 시선을 낮추게 되고 더 이상 보도블록에서 눈을 뗄 수 없게 되는 날이 찾아올 것입니다. 반대의 경우도 배제할 수 없으나 그런 경우는 아주 드뭅니다. 그래서 우리는 지하실, 주춧돌, 우물 들 밑을 눈으로 파고들면서 젬루데의 거리를 계속 걸어 다니게 됩니다.

도시와 이름 1

아글라우라 시에 대해서는, 이 도시에 사는 주민들이 오래전부터 되풀이해 왔던 일 말고는 달리 어떤 말씀을 드려야 할지 모르겠습니다. 그것은 소문난 일체의 덕행, 그리고 그와 똑같이 소문난 과오, 약간의 기괴한 행동, 규율에 대한 엄격한 존중 같은 것입니다. 진실성을 의심 받을 만한 이유가 전혀 없는 고대의 관찰자들은 그 당시 다른 도시들과 확실히 비교될 만큼 오랜 시간 굳어 온 특별한 성질들이 아글라우라에 있다고 생각했습니다. 사람들이 말하는 아글라우라나 눈으로 볼 수 있는 아글라우라 모두 그때 이래로 변한 것이 거의 없을 것입니다. 그렇지만 희한한 것은 일상적인 것으로 바뀌었고, 정상적인 것으로 생각되던 것은 기이한 것이 되었으며, 덕행과 과오는 그것들이 서로 다른 가치를 가지고 조화되는 가운데 그 탁월함이나 불명예를 잃어버렸습니다. 이런 의미에서, 아글라우라에 대해 말하는 것 중 진실된 것은 하나도 없습니다. 그래도 그 이야기에서 도시에 대한 견고하고 치밀한 이미지를 끌어낼 수는 있는데, 이에 비해 그곳에서의 생활로부터 추론해 낼 수 있는 산만한 의견들은 거의 앞뒤가 맞지 않습니다. 결과는 이렇습니다. 사람들이 말하는 도시는 존재에 필요한 많은 요소들을 가지고 있지만, 실제 도시 자리에 존재하는 도시는 존재감이 그다지 없습니다.

그러니까 제가 보고 직접 경험한 것에 신경을 쓰며 아글라우라시를 폐하께 묘사하고 싶다면 저는 그 도시가 아무 특색도 없이 빛바랜 도시로 아무렇게나 그곳에 세워져 있다고 말씀드려야 할 겁니다. 하지만 이것조차도 진짜가 아닐 수 있습니다. 어떤 시간에 어떤 지름길들을 따라 걷다 보면 독특하고 희한하고 심지어 놀랍기까지 한 무엇인가에 대한 암시를 직접 받으실 겁니다. 그게 무엇인지 말하고 싶으시겠지만, 지금까지 아글라우라에 대해 이야기되었던 모든 말들은 폐하의 언어를 가두고 어떤 말을 새롭게 하기보다는 같은 말만 되풀이하게 할 겁니다.

그래서 주민들은 자기들이 항상 아글라우라라는 이름으로만 성장하는 아글라우라에 살고 있다고 생각하며 땅 위에서 성장하는 아글라우라에 신경을 쓰지 않습니다. 기억 속에서 두 도시를 서로 구별하고 싶어 하는 저 역시 한 도시만을 폐하께 말씀드렸을 뿐입니다. 또 다른 도시에 대한 기억이, 그것을 묘사할 말이 부족해서 사라져 버렸기 때문입니다.

칸이 말했다.

"앞으로는 내가 직접 도시들을 묘사하겠네. 자네는 여행 중에 그런 도시들이 실제 존재하는지 확인할 수 있을 거야."

하지만 마르코 폴로가 방문했던 도시들은 언제나 황제가 생각했던 도시들과 달랐다.

쿠빌라이가 말했다.

"하지만 난 내 머릿속에 모든 도시들을 추론해 낼 수 있는 모델 도시 하나를 세웠네. 그 도시에는 규범에 부합하는 건 모두 다 포함되어 있어. 존재하는 모든 도시들이 규범으로부터 그 정도를 달리하며 멀어지기 때문에 규범에서의 예외를 예상하고 가능성 있는 조합들을 계산해 내기만 하면 된다네."

마르코가 대답했다.

"저 역시 다른 모든 도시들을 추론할 수 있는 도시의 모델을 생각했습니다. 예외와 배제되어야 할 것과 모순, 부조화, 부조리만으로 이루어진 도시입니다. 만약 한 도시가 이와 같이 가장 있을 법하지 않은 것들로만 구성되어 있다면, 비정상적인 요소들의 숫자들을 점차 줄여나감으로써 도시가 정말 존재할 가능성을 점점 높일 수 있습니다. 그러니까 저는 제 모델에서 예외들을 제외해 나가기만 하면 됩니다. 어떤 방향으로든 계속 나아가다 보면 저는, 항상 예외적이기는 하지만 그래도 존재하는 도시들 중의 어떤 도시 앞에 도착하게 될 것입니다. 그러나 저는 이런 제 작업을 어떤 경계 이상으로는 밀고 나아갈 수가 없습니다. 진짜라고 할 수 있을 정도로 너무나 진짜 같은 도시들을 손에 넣을 수 있을 때까지만 그것은 가능할 겁니다."

5

왕궁의 높은 테라스 난간에서 칸은 제국의 성장을 지켜본다. 처음에는 국경선들이 정복한 지역을 감싸며 확장되어 갔지만, 확대된 영토는 버려진 것이나 다름없는 지역, 오두막들뿐인 초라한 마을, 벼가 잘 자라지 않는 늪지, 여윈 주민들, 메마른 강들과 갈대숲과 직면하게 되었다.

'지나치게 바깥쪽으로 성장한 나의 제국이 이제 안으로 성장을 시작할 시기가 되었구나.'

칸은 생각했다. 그리고 잘 익어 껍질이 터져 버린 열매들이 주렁주렁 달린 석류나무 숲, 불에 구워 기름이 뚝뚝 떨어지는 인도 산 소고기 꼬치와 무너져 내리는, 반짝이는 금덩이들 속에서 솟아 나오는 금맥을 꿈꾸었다.

이제 여러 계절 풍년이 들어 곡물 창고마다 곡식이 넘쳐났다. 불어난 강물들은, 청동 신전과 왕궁을 떠받칠 대들보의 운명을 타고난 숲의 나무들을 운반했다. 노예들의 카라반들은 대륙을 구불구불 횡

단하며 산더미 같은 대리석을 옮겼다. 칸은 대지와 인간들을 내리누르는 도시로 뒤덮여 있고 재화와 교통수단들로 넘쳐나며 장식과 의식이 지나치게 많고 여러 조직들과 계급이 복잡하게 뒤얽혀 있고 부풀어 있으며 팽팽하게 긴장되어 있는 무거운 제국을 물끄러미 바라보았다.

'제국 자체의 무게가 제국을 짓누르고 있어.'

그는 연처럼 가벼운 도시를 꿈꾸기도 하고 레이스처럼 구멍이 뚫린 도시, 모기장처럼 속이 환히 들여다보이는 도시, 나뭇잎의 잎맥 같은 도시, 손금 같은 도시, 불투명하고 허구적인 두께를 통해 볼 수 있는 세공품 같은 도시를 꿈꾸었다.

"지난밤에 꾼 꿈 이야기를 해 주겠네."

그가 마르코에게 말했다.

"평평하고 누르스름하며 운석과 표석들이 여기저기 흩어져 있는 땅 한가운데 있다가, 나는 멀리서 뾰족하고 가느다란 첨탑들로 이뤄진 도시가 세워지는 것을 보았네. 첨탑들은 달이 여행을 하다가 한 번은 이 첨탑에, 또 한 번은 저 첨탑에 내려앉아 쉴 수 있게, 혹은 기중기 케이블에 걸려 이리저리 흔들릴 수 있게 만들어져 있었네."

그러자 폴로가 말했다.

"폐하께서 꿈에서 본 도시는 랄라제입니다. 이 도시의 주민들은 도시의 밤하늘에서 쉬었다 가라고 달을 초대합니다. 그렇게 해서 끝없이 성장하는 이 도시에 달이 모든 걸 선물하게 하려는 겁니다."

"자네가 모르는 게 있군그래."

칸이 덧붙였다.

"달은 감사의 뜻으로 이 랄라제 시에 가장 보기 드문 특권을 주었다네. 그건 바로 가볍게 성장하는 것이지."

섬세한 도시들 5

제 말을 믿기로 하셨다면, 잘하신 겁니다. 이제 거미집 같은 도시 옥타비아가 어떻게 생겼는지 말씀드리겠습니다. 깎아지른 듯 가파른 두 산 사이에 낭떠러지가 있습니다. 도시는 허공에 걸려 있습니다. 밧줄들과 쇠사슬과 좁은 구름다리들로 도시는 양쪽 산꼭대기에 묶여 있습니다. 사람들은 나무로 이어 만든 다리 위로 걸어 다니는데 나무 사이사이로 발이 빠지지 않게 주의해야 합니다. 혹은 삼으로 꼬아 만든 밧줄을 꽉 잡아야 합니다. 이 다리 밑의 낭떠러지에는 아무것도 없습니다. 가끔 구름들만 떠다닐 뿐입니다. 그 아래쪽으로 골짜기의 밑바닥이 얼핏 보이기도 합니다.

도시의 토대는 걷거나 지탱하는 데 이용되는 그물입니다. 나머지 모든 것은 위로 높이 올라가는 대신에 아래에 걸려 있습니다. 밧줄 계단, 해먹, 자루처럼 만든 집들, 옷걸이, 곤돌라 같은 테라스, 물을 담는 가죽 자루, 가스 밸브, 회전 꼬치구이 기계, 줄에 걸려 있는 바구니들, 식품용 승강기, 샤워기, 그네와 아이들이 가지고 노는 고리, 케이블카, 샹들리에, 덩굴 식물들이 자라는 화분 같은 것들입니다.

낭떠러지 위에 걸려 있는 옥타비아 주민들의 삶은 다른 도시에서의 삶보다 더 확실합니다. 그들은 그물이 오랫동안 견뎌 낼 것임을 알고 있습니다.

도시와 교환 4

도시의 삶을 지탱해 주는 관계들을 설정하기 위해 에르실리아의 주민들은 집 모퉁이에 흰색이나 검은색, 회색 혹은 흰색과 검은색이 섞인 실들을 혈연관계, 거래, 권력, 기관들의 관계를 나타내는 방식에 따라 걸어 놓습니다. 실들이 너무 많이 걸려 있어서 그 사이로 지나다닐 수 없게 되면 주민들은 그곳을 떠납니다. 집들은 철거됩니다. 그러면 실과 그 실이 묶여 있는 기둥만 남게 됩니다.

에르실리아를 떠난 사람들은 세간들을 가지고 산기슭에서 야영을 하면서 평원에 서 있는 기둥들과 복잡하게 뒤얽힌 실들을 바라봅니다. 그곳은 아직도 에르실리아 시이지만 그들에게는 아무것도 아닙니다.

그들은 다른 곳에 에르실리아를 다시 건설합니다. 그들은 실을 가지고 예전의 도시와 유사한 형태를 짜 나가지만, 그보다 더 복잡하면서 더 질서 정연하길 원합니다. 그런 다음 그들은 다시 도시를 버리고 가족과 함께 세간을 꾸려 더 멀리로 옮겨 갑니다.

그래서 에르실리아 지역을 여행하다 보면 세월을 견뎌 내지 못한 벽들도, 바람에 굴러다니는 죽은 이의 뼈도 없는, 버려진 도시의 폐허들을 만나게 됩니다. 도시는 형태를 찾는, 복잡하게 뒤얽힌 관계들의 망입니다.

도시와 눈들 3

바우치를 향해 숲 쪽으로 칠 일을 걸어도, 여행자는 도시를 볼 수 없습니다. 그래도 그는 도착한 것입니다. 서로 멀찌감치 떨어져 있으며 땅에서 우뚝 솟아 구름 속으로 사라지는 가느다란 지주들이 도시를 지탱해 줍니다. 그 위로 올라갈 때는 조그만 사다리를 탑니다. 주민들이 땅 위를 돌아다니는 일은 거의 없습니다. 이미 위에서 필요한 것은 모두 다 갖추고 있어서 내려오고 싶어 하지 않기 때문입니다. 사람들을 떠받치고 있는 그 긴 다리들과, 맑고 화창한 날이면 나뭇잎 위에 그림을 그리는 구멍 뚫리고 각이 진 그림자를 제외하고는 도시의 그 어떤 것도 땅을 디디지 않습니다.

바우치의 주민들에 관해 세 가지 가정을 할 수 있습니다. '그들은 땅을 증오하는 사람이다.' '땅을 너무나 존중해서 땅과의 모든 접촉을 피한다.' '그들은 자신들이 태어나기 이전 상태의 땅을 사랑해서 아래로 향하게 고정시켜 놓은 망원경과 쌍안경으로 나뭇잎, 돌, 개미 들을 하나하나 살펴보면서 자신들의 부재를 황홀하게 바라본다.'는 겁니다.

도시와 이름 2

두 종류의 신들이 레안드라 시를 보호해 줍니다. 두 신들은 모두 너무나 작아서 눈에 보이지 않으며 그 수가 너무 많아서 셀 수도 없습니다. 한 종류의 신들은 현관문 위에, 집 안에, 옷걸이와 우산 걸이 옆에 있습니다. 어떤 가족이 이사를 가면 그 가족을 따라가 새집 열쇠를 받을 때 그 집에 자리를 잡습니다. 다른 신들은 부엌에 있는데, 냄비 밑에 혹은 난로 굴뚝의 연기가 빠져나가는 부분에, 혹은 빗자루를 넣어 두는 창고에 숨어 있기를 좋아합니다. 그들은 집의 일부분이어서 그 집에 사는 사람들이 이사를 가면 새로 입주한 사람들과 함께 살아갑니다. 어쩌면 집이 아직 그곳에 있기도 전부터, 공터 잡초들 사이의 녹슨 깡통 속에 숨어 있었는지도 모릅니다. 만일 집이 허물어지고 그 자리에 오십여 가구가 살 수 있을 건물이 새로 지어진다면 수없이 많은 신들이 각각의 아파트 부엌에서 수없이 많은 신들을 발견할 것입니다. 이런 신들을 구별하기 위해 우리는 첫 번째 신을 페나테스[11], 두 번째 신을 라레스[12]라고 부르도록 하겠습니다.

집 안에서 라레스는 항상 라레스와, 페나테스는 항상 페나테스와 지내야 할 필요는 없습니다. 두 신들은 자주 만나 회반죽을 바른 코니스[13] 위나 난방기 파이프 위를 함께 산책하며 가정사에 대해 의견을 나눕니다. 말다툼이 오가기도 하지만 그래도 여러 해 동안 사이좋게 지낼 수 있습니다. 두 신들이 모두 한 줄로 서 있으면 누가 라레스이고 누가 페나테스인지 구별할 수가 없습니다. 라레스들은 고향과 관습이 전혀 다른 페나테스들이, 자신들이 사는 집 안으로 지나가는 것을 봅니다. 페나테스들은 한때는 화려했지만 이제는 쇠락한 저택에서 오만함이 뚝뚝 흐르는 라레스들과 몸을 맞대고 지내거나, 양철 오두막에서 다혈질에 의심 많은 라레스들 옆에 자신들의 자리를 마련해야 합니다.

레안드라의 진정한 본질은 라레스와 페나테스들 간의 끝도 없는 논쟁에서 찾을 수 있습니다. 페나테스들은, 작년에야 비로소 이 도시에 도착하긴 했지만 자신들이 도시의 정신이라고 믿고 자신들이 이주할 때 레안드라를 가지고 갈 수 있다고 생각합니다. 라레스들은 페나테스들을 잠깐 들른 성가시고 뻔뻔한 손님들로 생각합니다. 진정한 레안드라는 바로 자신들의 것이며 레안드라에 속한 모든 것에 형태를 부여하는 것도 자신들이라고 생각합니다. 레안드라는 침입자들이 오기 전부터 이곳에 있었고 그들이 모두 떠나 버린 후에도 이곳에 남을 것입니다.

---

11 광 또는 곳간의 수호신.

12 집과 그 집에 사는 사람들을 지키는 신.

13 건축 벽면에 수평으로 된 띠 모양의 돌출 부분.

두 신들에게는 이런 공통점이 있습니다. 그들이 머무는 가정이나 이 도시에 무슨 일이 벌어지면 늘 비난을 한다는 것입니다. 페나테스들은 노인, 증조부모, 대고모, 과거의 가족들을 들먹이고, 라레스들은 이렇게 파괴되기 전의 주위 환경을 거론합니다. 그렇지만 그들이 추억만을 떠올리며 사는 건 아닙니다. 어린이들이 어른이 되어서 어떻게 성공할지 상상해 보기도 하고(페나테스), 이 집 혹은 저 지역이 훌륭한 사람들의 손에 들어가면 어떻게 변할지 공상해 보기도(라레스) 합니다. 특히 밤중에 귀를 기울여 보면 레안드라 시의 집들에서, 상대방의 말을 가로막는 소리, 허풍을 떨고 농담을 던지는 소리, 그리고 빈정거리는 듯한 조그만 웃음소리들을 받아넘기며 소곤소곤 속삭이는 소리들을 들을 수 있습니다.

도시와 죽은 자들 1

멜라니아의 광장에 들어설 때마다 폐하께서는 대화의 한가운데로 들어가 있는 자신을 발견하곤 합니다. 허풍쟁이 군인과 식객이 집 밖으로 나오다가 젊은 탕자와 창녀를 만납니다. 혹은 문 앞에서 인색한 아버지가 사랑에 빠진 딸에게 마지막 당부를 하고 있는데, 뚜쟁이 여자에게 편지를 갖다 주러 가던 바보 같은 하인이 그의 말을 가로막습니다. 몇 년 후 멜라니아를 다시 찾아도, 여전히 똑같은 대화가 계속되고 있습니다. 그사이 식객, 뚜쟁이 여자, 인색한 아버지는 세상을 떴습니다. 하지만 허풍쟁이 군인, 사랑에 빠진 딸, 바보 같은 하인은 자신들의 자리를 지키고 있고 이번에는 위선자, 믿음직한 친구, 점성술사로 대화 상대가 교체되었습니다.

멜라니아의 주민들이 바뀝니다. 대화를 나누던 사람들이 하나씩 죽고, 그사이 대화에 참여해서 이런저런 역할을 차지할 사람들이 태어납니다. 누군가 역할을 바꾸거나, 영원히 광장을 떠나거나, 처음 대화에 등장할 경우, 연쇄적인 변화가 일어나 모든 역할들이 다시 주어집니다. 그러나 그사이에도 화가 난 노인은 재치 있는 어린 하녀에게 계속 대꾸를 하고, 고리대금업자는 파산한 젊은이를 끊임없이 뒤쫓아다니고, 유모는 의붓딸을 달랩니다. 그들 중 그 누구도 이전 무대에서와 똑같은 눈과 목소리를 가지고 있지는 않지만 말입니다.

한 사람이 폭군, 자선가, 사자(使者)와 같은 두 가지 혹은 세 가지 역할을 동시에 맡는 경우도 종종 있습니다. 혹은 한 가지 역할이 중복되거나 배가되어, 멜라니아의 수백, 수천 주민에게 할당될 수도 있습니다. 위선자 역 3000명, 식객 3만 명, 비천한 신분에서 인정받기만을 기다리고 있는 왕의 자식 10만 명, 이렇게 말입니다.

시간이 흐르면서 역할들도 더 이상 지난번과 정확히 똑같지 않게 됩니다. 물론 그 역할들이 음모와 놀라운 일들을 겪으며 보여 주는 행동은 어떤 궁극적인 대단원을 향해 갑니다. 플롯이 점점 더 복잡하게 뒤얽히고 장애가 점점 더 많아지는 것 같아 보일 때에도 계속 이런 대단원에 다가갑니다. 계속해서 광장을 살펴본 사람은 여러 막이 진행되는 동안 대화에 변화가 생기는 것을 알 수 있습니다. 멜라니아 주민들이 그 사실을 깨닫기에는 그들의 삶이 너무 짧지만 말입니다.

마르코 폴로가 돌 하나하나를 설명하며 다리를 묘사한다.

"그런데 다리를 지탱해 주는 돌은 어떤 것인가?"

쿠빌라이 칸이 묻는다.

"다리는 어떤 한 개의 돌이 아니라 그 돌들이 만들어 내는 아치의 선에 의해 지탱됩니다."

마르코가 대답한다.

쿠빌라이는 말없이 생각에 잠긴다. 그러다가 이렇게 묻는다.

"왜 내게 돌에 대해 말하는 건가? 내게 중요한 건 아치뿐이지 않은가?"

폴로가 대답한다.

"돌이 없으면 아치도 없습니다."

6

"이와 비슷한 도시를 본 적이 있는가?"

쿠빌라이가 유람선 안에서 비단으로 만든 캐노피[14] 밖으로 반지 낀 손을 내밀어 운하 위에 아치 형태로 놓인 다리들과, 대리석 현관들이 물 속에 잠겨 있는 제후의 궁들과, 긴 노에 밀려 지그재그로 가볍게 움직이며 오가는 작은 배들, 시장이 선 광장에 채소가 든 바구니들을 내려놓는 나룻배들, 발코니, 망루, 둥근 지붕, 종탑, 회색빛 석호에 푸른빛을 드리우는 섬의 정원 들을 가리키며 물었다.

황제는 외국인 대신을 거느리고, 몰락한 왕조의 옛 수도이자 칸의 왕관에 박힌 마지막 진주인 킨자이[15]를 방문했다.

"없습니다, 폐하."

마르코가 대답했다.

---

14 천장에 매달아서 넓게 드리워 가리는 천.

15 지금의 항저우.

"그렇지만 비슷한 도시가 있을 거라는 상상은 했습니다."

황제는 마르코의 눈빛을 살펴보려 애썼다. 그러자 외국인은 눈길을 아래로 깔았다. 쿠빌라이는 하루 종일 아무 말이 없었다.

해가 진 후 마르코 폴로는 왕궁의 테라스에서 자신이 속한 사절단의 성과들을 보고했다. 칸은 습관적으로 눈을 반쯤 감은 채 이 보고를 음미하곤 했다. 그러다가 그가 처음 하품을 하면 그것이 시종들에게 횃불을 밝혀 황제를 침소인 별궁으로 모실 때가 되었다는 신호가 되었다. 그러나 이번에 쿠빌라이는 피로에 몸을 맡기지 않으려는 듯 보였다.

"다른 도시 이야기를 해 보게."

쿠빌라이가 이렇게 요구했다.

"……여행자는 그곳을 떠나 사흘 동안 북동풍이 부는 쪽으로 말을 달렸습니다……."

마르코가 다시 말을 시작했고 여러 지역의 이름과 풍습과 물품들을 열거했다. 그는 끝없이 보고할 수 있었지만 이제 항복할 사람은 바로 그였다. 새벽이 되자 폴로는 이렇게 말했다.

"폐하, 이제 제가 알고 있는 도시란 도시는 폐하께 모두 말씀드렸습니다."

"아직 자네가 말하지 않은 도시가 하나 남아 있네."

마르코 폴로가 고개를 숙였다.

"베네치아."

칸이 말했다.

마르코가 미소를 지었다.

"제가 폐하께 말씀드린 게 베네치아가 아니라면 무엇이었다고 생각하십니까?"

황제는 눈썹 하나 까딱하지 않았다.

"그렇지만 난 자네가 그 이름을 입에 올리는 걸 본 적이 없네."

"도시들을 묘사할 때마다 저는 베네치아의 무엇인가를 말씀드렸습니다."

"내가 다른 도시들에 대해 자네에게 물어볼 때는 그 도시들에 대한 이야기를 듣고 싶다는 것이지. 그러니 베네치아에 대해 물어볼 때는 베네치아 이야기를 해야 해."

"다른 도시들이 지닌 특징을 구별하기 위해서는, 잠재하는 최초의 도시에서 출발해야 합니다. 제게 그 도시는 베네치아입니다."

"그렇다면 자네는 여행에 관한 이야기를 시작할 때, 베네치아가 어떻게 생겼는지, 그 도시에 대해 자네가 기억하는 것을 하나도 빼놓지 않고 그대로 묘사해야 했을 걸세."

호수의 수면 위에 잔물결이 일었다. 송나라 때 지은 오래된 구릿빛 왕궁의 그림자가 물에 떠다니는 나뭇잎처럼 산산이 부서지며 반짝였다.

"기억 속의 이미지들은 한번 말로 고정되고 나면 지워지고 맙니다. 저는 어쩌면, 베네치아에 대해 말을 함으로써 영원히 그 도시를 잃어버릴까 봐 두려웠는지도 모릅니다. 아니면 다른 도시들을 말하면서 이미 조금씩 잃어버렸는지도 모릅니다."

도시와 교환 5

물의 도시 에스메랄다에서는 그물 같은 운하와 거리들이 서로 중첩되고 교차됩니다. 한곳에서 다른 곳으로 가려면 폐하께서는 항상 육로와 수로를 선택해야 합니다. 에스메랄다에서는 두 지점 간의 가장 짧은 선이 직선이 아니라 여러 갈래로 구불구불 갈라지는 지그재그이기 때문에 통행인 앞에 펼쳐진 길은 두 개만이 아니라 수없이 많으며 또한 배를 타고 와서 육로로 옮겨 가는 사람에게는 그 길의 수가 더 많습니다.

그렇게 해서 에스메랄다의 주민들은 매일 같은 길을 지나는 권태로움에서 해방되어 있습니다. 그리고 이게 전부가 아닙니다. 길들의 그물망은 단 한 층으로 되어 있는 것이 아니라 오르막 내리막의 작은 계단들, 낭하, 낙타 등 모양의 다리, 공중에 걸린 거리들로 이어집니다. 모든 주민들은 늘 똑같은 장소로 가면서도, 공중에 높이 솟아 있거나 지면에 나 있는 다양한 길들을 조합해 매일 새로운 길을 오가는 기쁨을 누릴 수 있습니다. 에스메랄다의 정돈되고 조용한 일상들은 되풀이됨 없이 흘러갑니다.

다른 도시에서와 마찬가지로 여기서도 비밀스럽고 모험적인 삶에는 큰 제약이 따릅니다. 에스메랄다의 고양이들, 도둑들, 불륜을 저지르는 남녀들은 가장 높은 곳에 있는 불연속적인 길들을 따라 이동합니다. 지붕과 지붕을 뛰어 넘고 로지아[16]에서 발코니로 내려오고 줄광대 같은 걸음으로 홈통을 따라 걷습니다. 밑에서는 쥐들이 음모자들과 밀수업자들과 함께 꼬리에 꼬리를 물고 어두운 하수구를 달립니다. 맨홀 뚜껑과 하수관 밖으로 머리를 내밀고 틈새와 좁은 골목으로 달아나며 치즈 껍질, 금지된 물건들, 탄약통을 은신처로 끌고 가며 방사상으로 뻗은 지하도들로 구멍 뚫린 견고한 도시를 가로지릅니다.

에스메랄다의 지도를 그리려면 육로와 수로, 선명하게 드러난 길과 감춰진 길들을 색색깔의 잉크로 전부 그려야 합니다. 하지만 이것보다 더 어려운 것은 제비들의 길을 지도 위에 그리는 것입니다. 제비들은 지붕 위로 공기를 가르며 날다가 날갯짓을 멈추고 눈에 보이지 않는 포물선을 따라 하강하더니 갑자기 방향을 바꿔 파리를 잡아먹고는, 첨탑을 스치듯 나선형으로 날아올라 공중에 있는 자신들의 오솔길에서 도시의 모든 지점을 내려다봅니다.

16 이탈리아 건축에서 한쪽 벽이 없이 트인 방이나 홀을 말한다.

도시와 눈들 4

필리스에 도착해 서로 다른 모양의 수많은 다리들이 운하를 가로지르고 있는 광경을 보면 즐거우실 겁니다. 낙타 등 모양의 다리, 지붕이 덮인 다리, 기둥으로 떠받힌 다리, 거룻배 위에 놓인 다리, 구멍 뚫린 난간이 달린 다리 등등을 보면 말입니다. 또 세로 중간 틀을 단 창, 무어 식 창, 긴 창(愴) 같은 창, 위쪽이 뾰족한 창, 반원창이나 원화창[17]이 위에 달린 창문 등 수없이 다양한 창문들이 길 쪽으로 나 있습니다. 조약돌, 콘크리트, 자갈, 흰색과 푸른색 타일 등 수많은 종류의 포장 재료들이 도로를 덮고 있는 것을 보는 것도 즐거울 것입니다. 도시는 어디에서든 그것을 보는 사람들에게 놀라움을 선사합니다. 요새의 성벽 밖으로 튀어나온 케이퍼 나무, 선반 위 세 여왕의 상(像), 첨탑을 작은 양파 세 개로 장식한 큰 양파 모양의 둥근 지붕 들

---

17 창살을 꽃송이 모양으로 만든 둥근 창.

이 보입니다.

"매일 눈앞에서 필리스를 바라보고 필리스가 가진 것들을 한없이 볼 수 있는 사람은 행복하겠다."

폐하는 그저 눈으로 한번 훑어보고 도시를 떠나야 하는 것을 아쉬워하며 이렇게 말할 것입니다.

그런데 폐하께서 떠나지 않고 필리스에 머물며 여생을 보내야 하는 일이 벌어집니다. 그러면 곧 도시는 폐하의 눈앞에서 빛을 잃고 원화창, 선반 위의 상, 둥근 지붕 들은 사라져 버립니다. 필리스의 다른 주민들처럼 폐하는 이 길에서 저 길로 이어지는 지그재그의 선을 따라가며, 햇빛이 드는 지역과 그늘진 지역을 구별할 것이고 이쪽은 문, 저쪽은 계단인 것을 알고, 바구니를 내려놓을 수 있는 벤치, 신경을 쓰지 않았다가는 발이 빠져 넘어지고 마는, 움푹 꺼진 부분을 구별하게 될 겁니다. 나머지 것들은 모두 눈에 보이지 않습니다. 필리스는 하나의 공간이고, 그 공간 속에서 허공에 멈춰 있는 점들 사이에 길들이, 채권자의 창문을 피해 상인의 천막에 갈 수 있는 가장 짧은 길이 그려져 있습니다. 폐하의 발걸음은, 눈[眼] 밖에 있는 것이 아니라 안에 묻혀 있고 지워진 것을 추적합니다. 만일 두 주랑 중 하나가 유난히 더 마음을 끈다면 그것은 삼십 년 전 수놓은 긴 소매 옷을 입은 한 아가씨가 그곳을 지나갔기 때문이거나 어디인지 기억은 나지 않지만 언젠가의 그 주랑처럼 그곳에 빛이 비추고 있기 때문일지도 모릅니다.

수백만의 눈들이 창문, 다리, 케이퍼 나무 위로 지나갑니다. 마치 하얀 종이 위를 스쳐 지나가는 것 같습니다. 재빨리 눈에 담지 않으면 시야에서 사라져 버리는 필리스 같은 도시들이 수없이 많습니다.

도시와 이름 3

오랫동안 피라는 제게 경사진 만 위에 자리 잡은, 술잔처럼 오목하며, 높은 창문과 탑들이 있고 한가운데에 우물같이 깊은 광장이 있으며 그 광장 중앙에 깊은 우물이 있는 도시였습니다. 저는 이런 도시를 한 번도 본 적이 없었습니다. 피라는 제가 한 번도 가본 적이 없고 단지 그 이름으로만 상상했던 에우프라시아, 오딜레, 마르가라, 제툴리아 같은 수많은 도시들 중 하나였습니다. 그러나 그런 도시들과는 전혀 다르면서도 동시에 그 도시들과 마찬가지로 마음의 눈에는 독특해 보이는 도시 피라는 이들 한가운데에 자신의 자리를 차지하고 있었습니다.

제 여행이 저를 피라로 이끄는 날이 찾아왔습니다. 피라에 발을 디디자마자 저는 제가 상상했던 모든 것을 잊었습니다. 피라는 원래의 피라가 되어 있었습니다. 저는 바다가, 낮고 구불구불한 해안의 모래언덕에 가려 도시에서는 보이지 않는다는 사실을 제가 항상 알고 있었다고 생각했습니다. 길들이 길고 곧게 뻗어 있으며, 그다지 높지 않은 집들이 띄엄띄엄 모여 있고, 그 집들 사이의 광장에는 나무 창고와 제재소가 들어서 있고, 바람이 불어 수중 펌프의 풍향계가 돌아간다는 것을 말입니다. 그 이후로 피라라는 이름은 제 머릿속에 이런 광경, 이런 빛, 이런 벌레 울음소리, 누런 흙먼지가 날아다니던 이런 대기를 상기시켰습니다. 이름이 의미하는 것은 분명합니다. 이것 이외에 다른 것을 의미할 수는 없습니다.

제 마음은 제가 보지 못했고 앞으로도 보지 못할 수많은 도시들, 형상이나 단편, 가상의 형상에서 나오는 빛을 지니고 있는 제툴리아, 오딜레, 에우프라시아, 마르가라 같은 이름들을 계속 간직할 겁니다. 만 위에 높이 서 있는 도시는 우물 주위를 에워싼 광장과 함께 계속 그곳에 있겠지만 저는 더 이상 그 도시를 그 이름으로 부를 수도, 어떻게 전혀 다른 것을 의미하는 이름을 거기에 붙일 수 있었는지를 기억할 수도 없을 겁니다.

도시와 죽은 자들 2

여행 중에 아델마까지 가본 적은 한번도 없었습니다. 제가 배에서 내렸을 때는 해가 뉘엿뉘엿 질 무렵이었습니다. 부두에서 자기 쪽으로 날아오는 밧줄을 잡아 그것을 기둥에 매는 선원은, 저와 함께 군대 생활을 하다가 지금은 세상을 뜬 친구와 닮았습니다. 생선 도매 시장이 열리는 시간이었습니다. 한 노인이 성게 바구니를 작은 수레에 싣습니다. 저는 그 노인이 누구인지 알 것 같습니다. 제가 몸을 돌렸을 때 그는 골목으로 사라졌지만 저는 그가 어떤 어부와 닮았다는 것을 알게 되었습니다. 그 어부는 제가 어렸을 때 벌써 노인이었기 때문에 아직까지 살아 있을 가능성은 없었습니다. 저는 머리에 담요를 뒤집어쓰고 땅에 웅크리고 앉아 있는 열에 들뜬 환자를 보고 당황했습니다. 제 아버지가 세상을 뜨기 며칠 전, 바로 이 환자처럼 눈에 누렇게 황달이 끼고 수염이 덥수룩이 자랐었습니다. 저는 시선을 다른 곳으로 돌렸습니다. 그 누구의 얼굴도 똑바로 쳐다볼 용기가 나질 않았습니다.

저는 이렇게 생각했습니다.

'아델마가 죽은 사람들밖에 만날 수 없는, 꿈에서나 볼 수 있는 곳이라면 그곳에 있는 건 정말 두려운 꿈을 꾸는 것 같을 거야. 아델마가 산 사람들이 살고 있는 진짜 도시라면, 사람들을 계속 뚫어져라 쳐다보는 것만으로도 닮은 얼굴들이 사라지고 고뇌가 담긴 낯선 얼굴들이 나타나게 될 거야. 어떤 경우든 그들을 고집스레 바라보지 않는 것이 좋을 것 같군.'

한 채소 장수 여인이 큰 저울 위에 양배추를 올려놓고 무게를 잰 뒤, 발코니에서 어떤 처녀가 밑으로 던진, 밧줄에 매달린 바구니에 그것을 담습니다. 처녀는 우리 고장에서 사랑에 미쳐 자살했던 여자와 똑같이 생겼습니다. 채소 장수 여인이 얼굴을 들었습니다. 그녀는 바로 제 할머니입니다.

저는 이렇게 생각했습니다.

'살다 보면 자기가 알고 지냈던 사람들 가운데 산 사람보다 죽은 사람들이 더 많아지는 날이 찾아오게 돼. 그러면 마음은 다른 얼굴, 다른 표정들을 받아들이기를 거부하지. 새로운 얼굴을 만날 때마다 거기에 옛 형상을 새기고 각 얼굴에 가장 적당한 가면을 찾게 되지.'

하역 작업을 하는 남자들이 목이 가는 긴 병과 통 들을 지고 그 무게 때문에 등을 구부린 채 한 줄로 계단을 올라갑니다. 거친 삼베 두건에 얼굴들은 가려져 있습니다.

'이제 등을 펴면 얼굴을 알아볼 수 있을 거야.'

저는 초조하면서도 두려운 마음으로 이렇게 생각했습니다. 그렇지만 그들에게서 눈을 떼지는 않았습니다. 좁은 골목길을 가득 메운 사람들에게로 잠시 눈을 돌리기만 해도 멀리서 다시 등장하는 예기치 못했던 얼굴들과 부딪히게 될 겁니다. 그 얼굴들은 마치 자신들을 알아봐 달라고 하듯, 제가 누구인지 알아보려는 듯, 마치 저를 알고 있었던 듯 저를 뚫어지게 쳐다보고 있습니다. 어쩌면 그들 중 누군가에게 저는 이미 죽은 어떤 사람과 닮은 사람인지도 모릅니다. 저는 방금 아델마에 도착했지만 이미 그들 중 한 사람이 되었고 그들 편으로 옮겨 가, 끊임없이 움직이는 눈, 주름, 찡그린 얼굴 들과 뒤섞였습니다.

저는 생각했습니다.

'어쩌면 아델마는 죽어 가는 사람이 도착하는 도시인지도 몰라. 그래서 각자 자기가 알고 있던 사람들을 여기서 다시 만나게 되는 거지. 이건 나 역시 죽은 사람이라는 뜻이야.'

저는 이런 생각도 했습니다.

'그리고 저승 세계가 행복하지 않다는 뜻이기도 하지.'

도시와 하늘 1

구불구불한 골목길과 계단, 막다른 골목, 오두막 들로 이루어져 위아래로 뻗어 있는 에우도시아에는 양탄자가 하나 보관되어 있는데, 이 양탄자에는 도시의 진정한 형태가 들어 있습니다. 얼핏 보기에 양탄자의 문양은 에우도시아와 닮은 점이 거의 없어 보입니다. 양탄자는 직선과 원을 따라 되풀이되는 무늬들이 눈부신 색깔의 실들로 대칭적인 형태를 이루며 짜여 있어, 모든 날실을 따라가면 씨실을 쫓아갈 수 있습니다. 그러나 폐하께서 잠시 멈추고 주의 깊게 양탄자를 관찰하신다면 양탄자의 각 부분이 도시의 한 장소와 일치하고 도시에 포함되어 있는 모든 것들이 양탄자의 디자인에 나타나 있으며, 많은 사람들이 무리를 지어 정신없이 오가기 때문에 폐하께서 놓쳐 버린, 사물들의 진짜 관계에 따라 배치되어 있다는 확신을 얻으실 것입니다. 에우도시아의 모든 혼란, 노새 울음소리, 그을음 자국들, 생선 냄새 같은 것들은 폐하께서 포착할 수 있는 부분적인 전망 속에도 등장합니다. 그러나 양탄자는 도시가 자신의 진정한 비례, 아주 미세한 부분마다 내포되어 있는 기하학적인 체계를 보여 주는 지점이 있다는 것을 증명합니다.

에우도시아에서는 길을 잃기가 쉽습니다. 그렇지만 정신을 집중해서 양탄자를 응시하면, 주홍색이나 남색, 심홍색 실에서 폐하께서 찾고 있는 길을 발견하실 수 있을 것입니다. 그 실은 길게 원을 그리며 폐하의 진짜 목적지인 진홍색 울타리 안으로 안내할 겁니다. 에우도시아의 주민들은 모두 양탄자의 움직임 없는 질서를 자신이 도시에 대해 가지고 있는 이미지, 자신들의 고민과 견주어 봅니다. 그들은 모두 아라베스크 무늬들 속에 숨어 있는 답변, 자신의 삶에 대한 이야기, 운명의 전환점들을 찾을 수 있습니다.

양탄자와 도시라는, 너무나 상이한 두 대상의 신비한 관계에 관해 신탁을 청했던 적이 있습니다. 신탁의 내용은 이러했습니다. 둘 중 하나는 별이 뜬 하늘과 우주가 돌아가는 궤도에 신들이 형태를 부여한 것이며, 나머지 하나는 인간이 만든 다른 것들처럼 신들이 만든 것을 거의 똑같이 반영한 것이라는 겁니다.

점성술사들은 이미 오래전 양탄자의 조화로운 디자인은 신의 작품일 거라고 확신했습니다. 이런 의미에서 다툼을 벌이지 않고 신탁을 청했던 것입니다. 하지만 그와 마찬가지로 정반대의 결론을 끌어낼 수도 있습니다. 진정한 우주의 지도는 있는 그대로의 에우도시아, 즉 구불구불 이어지는 길들, 먼지 속에서 차례로 무너져 가는 집들, 화재, 어둠 속의 비명 등으로 이루어져 아무런 형태 없이 번져 나가는 얼룩일 수도 있다고 말입니다.

"…… 그러니까 자네의 여행은 정말 기억 속으로의 여행이로군!"

줄곧 귀를 기울이고 있던 칸은, 이야기를 하던 마르코의 목소리가 변하면서 한숨이 새어 나오려 한다는 것을 알아차릴 때마다 해먹에서 일어났다.

"그렇게 멀리까지 갔던 것은 향수를 덜어버리기 위해서였어!"

이렇게 외치기도 했다.

"여행에서 돌아올 때 선창에 아쉬움만 가득 실어 가지고 왔군."

그리고 빈정거리듯 이렇게 덧붙이기도 했다.

"솔직히 말해 베네치아 상인이 가져온 물건치고는 보잘것없어!"

과거와 미래에 대한 쿠빌라이의 모든 질문이 향하는 지점은 바로 이것이었다. 그는 한 시간 전부터 고양이가 쥐를 가지고 놀듯 마르코를 대하다가 마침내 구석으로 몰고 그에게 달려들어 그의 가슴을 무릎으로 누르고 수염을 움켜잡았다.

"자네에게서 알고 싶은 건 이런 걸세. 숨겨 가지고 온 걸 고백하게. 심리 상태, 아름다움, 슬픔 들을!"

어쩌면 그저 이런 말을 하고 행동을 한다는 상상을 하는 데 그쳤을지도 모른다. 두 사람은 아무 말 없이 꼼짝도 하지 않고, 담뱃대에서 천천히 위로 뿜어져 나오는 연기를 바라보았다. 연기는 한줄기 바람을 따라 흩어져 버리기도 하고 공중에 그대로 걸려 있기도 했다. 대답은 그 연기 속에 있었다. 연기를 실어 가는 바람을 맞으며 마르코는 드넓은 바다와 산맥에 자욱하게 낀 안개를 생각했다. 안개가 걷히면서 공기가 메마르고 투명해지고 그와 함께 멀리 있는 도시들이 그 자태를 드러내곤 했다. 그의 시선이 가 닿고 싶은 곳은 그런 변덕스러운 안개와 구름의 막 그 너머에 있었다. 사물들의 형태는 멀리 있을 때 더 잘 구별되었다.

혹은 연기가 입에서 나가자마자 자욱하게 모이면서 천천히 멈춰 버렸고 다른 광경을 만들어 냈다. 그 광경은 대도시의 지붕 위에 고여 있는 증기들, 흩어지지 않는 불투명한 연기, 아스팔트 거리 위로 무거운 유독가스를 내뿜는 굴뚝 같은 것이었다. 금방 사라지고 마는 기억 속의 안개나 건조하고 투명한 공기가 아니라 도시의 상처에 딱지를 앉게 하는, 불타 버린 삶에서 타고 남은 찌꺼기, 더 이상 움직이지 않는 생명체에 의해 부풀어 오른 스펀지, 움직이고 있다는 환영 속에 빠진 화석화된 존재들을 가로막는 과거와 현재, 미래의 뒤범벅 같은 것이다. 당신이 여행의 끝에서 만나게 될 것들은 바로 이러한 것들이다.

7

쿠빌라이가 말했다.

“자네가 대체 언제 시간이 나서 지금 묘사하는 이런 도시들을 방문했는지 모르겠군. 내가 보기에 자네는 이 정원에서 한 발자국도 벗어난 적이 없는 것 같은데.”

폴로가 대답했다.

“제가 보고 행한 모든 것은 이곳과 똑같은 고요와 똑같은 어스름, 살랑거리는 나뭇잎 사이로 흐르는 똑같은 침묵이 지배하는 정신의 공간 속에서 그 의미를 갖습니다. 정신을 집중해 생각에 빠져 있을 때면, 비록 한시도 쉬지 않고 악어가 득시글거리는 초록의 강을 거슬러 올라가거나 선창에 내려놓은 소금 절인 생선 통을 세고 있기는 하지만, 저는 늘 저녁 이 시간 이 정원에, 폐하의 면전에 앉아 있습니다.”

쿠빌라이가 말했다.

"나 역시 내가 땀과 피로 뒤범벅된 채 내 군대의 선두에 서서 자네가 묘사한 도시들을 정복하거나 포위 당한 요새의 성벽을 기어오르는 공격자의 손가락을 자르고 있는 게 아니라, 이곳에서 반암으로 만든 분수들 사이를 산책하면서 물이 뻗어 나가며 울리는 메아리를 듣고 있다는 걸 확신할 수 없네."

폴로가 대답했다.

"어쩌면 이 정원은 내리감은 우리 눈꺼풀의 그늘 속에만 존재하는 것인지도 모릅니다. 그러니 우리는 결코 멈추지 않을 겁니다. 폐하는 전장에서 먼지를 일으키시고 저는 먼 고장의 시장에서 자루에 담긴 후추 값을 흥정합니다. 그러나 떠들썩한 소음과 북적이는 사람들 속에서 눈을 반쯤 감을 때마다, 우리는 비단 기모노를 입고 이곳으로 다시 돌아와 우리가 보고 경험하고 있는 것을 곰곰이 생각해 볼 수 있으며 결론을 내고 멀리서 바라볼 수 있게 됩니다."

쿠빌라이가 말했다.

"어쩌면 우리의 대화는 쿠빌라이 칸과 마르코 폴로라는 별명을 가진 두 거지들이 하는 대화인지도 모르네. 두 사람은 쓰레기 더미를 뒤지고 녹슨 잡동사니, 천 조각, 폐지 들을 모아 쌓지. 싸구려 포도주 몇 모금에 취한 두 사람이 동방의 보석들로 주위가 눈부시게 빛나는 것을 보고 있는 건지도 모르지."

폴로가 말했다.

"어쩌면 이 세상에는 쓰레기로 뒤덮인 황량한 땅과 칸 왕궁의 공중 정원만 남아 있는지도 모릅니다. 그들을 나누어 놓는 것은 우리의 눈꺼풀이지만 어떤 게 안이고 어떤 게 밖인지는 알 수 없습니다."

도시와 눈들 5

강을 건너고 산을 넘은 여행자의 눈앞에 갑자기 모리아나 시가 나타납니다. 도시의 석고 문들은 햇빛을 받아 투명하게 빛나고, 나선형으로 장식된 박공들을 받쳐 주는 산홋빛의 기둥들, 그리고 메두사 모양의 샹들리에 밑에서 은빛 비늘을 가진 무희들의 그림자가 헤엄을 치는, 수족관처럼 사면이 유리로 된 저택들이 있습니다. 이게 첫 여행이 아니라면, 여행자는 이미 이와 같은 도시들이 정반대의 면을 가지고 있다는 것을 알고 있습니다. 도시를 반 바퀴만 돌아봐도 충분합니다. 모리아나의 숨겨진 모습, 녹슨 양철, 거친 삼베, 못이 삐죽삐죽 튀어나온 널빤지, 검댕으로 시커먼 관, 깡통 더미, 빛바랜 낙서투성이의 막다른 골목, 여기저기 천이 뜯겨 나가 형체만 남은 의자들, 썩은 대들보에 목을 매기에나 좋은 밧줄들의 도시를 볼 수 있습니다.

이쪽에서 저쪽으로 도시는 자신이 가진 이미지의 목록들을 배가시키면서 균형 있게 지속되는 듯이 보입니다. 하지만 도시는 두께가 없고 그저 종이처럼 앞면과 뒷면만으로 구성되어 있을 뿐입니다. 그 양면 여기저기에 형체들이 그려져 있는데, 그 형체들은 서로에게서 떼어질 수도 서로를 바라볼 수도 없습니다.

도시와 이름 4

영광스러운 도시 클라리체는 고통의 역사를 가지고 있습니다. 도시는 수없이 몰락했고 또 수없이 다시 번영했습니다. 그때마다 항상 이전의 클라리체가 어디에도 비할 바 없는 영광스러운 모범으로 여겨졌는데, 도시의 현재를 이 모범과 비교하면 별들이 사라질 때마다 새롭게 한숨만 터져 나왔습니다.

몰락의 세기에 도시는 페스트로 텅 비고, 대들보와 코니스들이 무너져 내리고, 지형이 변해 그 높이도 낮아졌으며, 보수를 담당한 관리들이 게으름을 부리거나 휴가를 가 버려 곳곳이 녹슬고 폐쇄되었습니다. 그러다가 생존자들이 모여 있던 지하실과 굴에서부터 서서히 도시가 되살아나 다시 사람들이 살게 되었습니다. 그곳에서 생존자들은 한데 모여 살며 쥐들처럼 뒤지고 갉아 먹기 위해, 그리고 둥지를 짓는 새들처럼 모으고 붙이기 위해 미친 듯이 움직였습니다. 그들은 떼어 낼 수 있는 것이면 무엇에든 달라붙었고 그것을 다른 용도로 사용하기 위해 다른 곳으로 가져갔습니다. 수놓인 비단 커튼들은 이불로 사용했습니다. 대리석 납골 단지에는 바질을 심었습니다. 하렘[18]의 창문에서 떼어 낸 정교하게 세공된 쇠창살들은 자개가 박힌 나무들로 피운 모닥불 위에서 고양이 고기를 구울 때 석쇠로 이용되었습니다. 쓸모없이 흩어져 있던 클라리체의 조각조각들이 모여서, 오두막과 천막과 썩은 하천과 토끼장 들로 뒤덮인, 살아남은 자들의 클라리체의 모양을 이루었습니다. 눈부시게 빛났던 옛 클라리체의 물건들은 하나도 사라지지 않은 채, 전혀 다르게 배치되기는 했지만 예전과 마찬가지로 주민들의 필요에 딱 맞게 모두 다 거기 있었습니다.

아주 활기차고 즐거운 시기가 빈곤의 시기의 뒤를 잇습니다. 클라리체는 볼품없는 번데기에서 나온 화려한 나비입니다. 새로운 풍요로 인해 도시는 새로운 건축 자재들로 넘쳐납니다. 외부에서 새로운 사람들이 와서 합류합니다. 이전의 클라리체 혹은 클라리체들과 관련이 있는 사람이나 물건은 아무것도 없습니다. 그리고 새로운 도시는 자신이 과거 클라리체의 이름과 장소를 당당하게 차지하면 차지할수록 과거의 클라리체에서 점점 더 멀어진다는 것과 자신이 쥐와 곰팡이 못지않은 속도로 그것을 파괴하고 있다는 것을 알아차리게 될 것입니다. 도시는 새로운 번영을 자랑스럽게 여기기는 하지만 속으로는 스스로를 낯설고 모순된 존재로, 뭔가를 강탈한 자가 된 듯 느낍니다.

그래서 뭔지 모를 필요에 들어맞을 것 같아서 그대로 남겨 두었

18 이슬람 국가에서 부인들이 거처하는 방.

던, 최초로 번영했던 시기의 파편들이 다시 자리를 옮기게 되고 이제는 유리 종 속에 안전하게 보호되어 유리 상자에 담겨 공단 쿠션 위에 놓여 있습니다. 그것들이 무엇엔가 아직 쓸모가 있기 때문이 아니라 사람들이 그것들을 통해 이제는 아무도 알지 못하는 도시를 재구성하고 싶어 하기 때문입니다.

또 다른 쇠락의 시기와 번영의 시기가 클라리체에서 서로의 뒤를 잇습니다. 주민들과 관습이 여러 번 바뀝니다. 이름, 장소, 파괴되기에는 견고한 물건들은 그대로 남아 있습니다. 즉 생명체처럼 자신만의 향기와 호흡을 가진 견고한 도시인 새로운 클라리체는, 이제는 부서지고 사라진 옛 클라리체들이 남긴 유물을 보석처럼 자랑합니다. 코린트식 주두(柱頭)들이 기둥 꼭대기에 얹혀 있었던 게 언제인지 아무도 알지 못합니다. 다만 그런 주두들 중 하나가 오랫동안 닭장에서 닭들이 알을 낳는 바구니를 놓아 두는 기둥들 중 하나였고 그러다가 주두 박물관으로 옮겨져 다른 견본 수집품들과 나란히 전시되었다는 것만 기억할 뿐입니다. 시대 계승의 질서는 사라져 버렸습니다. 최초의 클라리체가 있었다는 믿음은 널리 퍼져 있지만 그것을 보여줄 증거는 아무것도 없습니다. 주두들은 처음에 닭장에 있었을 수도 있고 신전에 있었을 수도 있습니다. 대리석 납골 단지에는 처음에 유골이 담겨 있었을 수도 있고 바질이 자라고 있었을 수도 있습니다.

분명히 알 수 있는 것은 이것밖에 없습니다. 일정한 수의 물건들이, 때로는 많은 양의 새로운 물건들에 잠식되기도 하고 때로는 다른 것으로 대체되지 않은 채 소모되어 버리기도 하면서 일정한 공간에서 이동한다는 겁니다. 규칙은 매번 그것들을 뒤섞었다가 다시 모으기 위한 것입니다. 어쩌면 클라리체는 늘 값싸고 제대로 배치되지 않고 용도에도 맞지 않는 물건들이 어지럽게 뒤섞여 있던 곳에 불과했을 수도 있습니다.

도시와 죽은 자들 3

에우사피아처럼 삶을 즐기고 걱정을 피하는 도시는 없습니다. 너무 갑작스레 삶에서 죽음으로 옮겨 가지 않도록 주민들은 지하에 자신들의 도시와 똑같은 도시를 건설했습니다. 누런 살가죽으로 덮인 해골만 남게 건조된 시체들은 지하로 옮겨져 그곳에서 예전에 했던 일을 계속 하게 됩니다. 예전의 일들 중에서 그들이 특히 좋아하는, 근심 걱정이 없는 순간들이 있습니다. 그들 중 대부분은 잘 차려진 식탁에 둘러앉거나 춤을 추는 자세나 트럼펫을 연주하는 자세를 취합니다. 그렇기는 하지만 살아 있는 사람들의 에우사피아에서 행하던 거래와 직업은 지하에서도 그대로 이어집니다. 아니 적어도 살아 있는 사람들이 짜증을 내기보다는 만족스럽게 행했던 일들은 모두 그대로입니다. 시계 수리공은 자기 가게에서 하나같이 정지해 있는 시계에 둘러싸여 추가 제대로 움직이지 않는 괘종시계에 양피지 같이 마른 귀를 갖다 댑니다. 이발사는 마른 솔로 배우의 광대뼈에 비누칠을 해 줍니다. 배우는 텅 빈 눈으로 대본을 보며 자기가 맡은 역의 대사를 다시 외웁니다. 웃는 해골의 처녀는 뼈대뿐인 어린 암소의 젖을 짭니다.

물론, 죽은 후에는 이미 경험했던 인생과는 전혀 다른 인생을 살고 싶어 하는 산 사람들도 많습니다. 공동묘지는 사자 사냥꾼, 메조소프라노 성악가, 은행가, 바이올리니스트, 공작 부인, 첩, 장군 들로 붐빕니다. 살아 있는 자들의 도시에서 볼 수 있는 것보다 훨씬 더 많은 수입니다.

죽은 사람들을 지하 도시로 데려가 원하는 곳에 자리 잡게 해 주는 임무는 두건 쓴 형제 수도회에 맡겨졌습니다. 그들 이외에 죽은 자들의 에우사피아에 접근할 수 있는 사람은 아무도 없기 때문에 지하 도시에 관한 모든 것은 그들을 통해 알게 됩니다.

사람들은 이와 똑같은 수도회가 죽은 자들 사이에도 있으며 죽은 자들을 돕는 일을 담당한다고 합니다. 두건 쓴 형제 회원들은 죽은 뒤에도 다른 에우사피아에서 같은 임무를 계속 맡습니다. 그들 중 몇몇 사람은 이미 죽었지만 위아래 도시를 계속 오가고 있다는 이야기가 있기도 합니다. 어쨌든 이 수도회가 산 사람들의 에우사피아에서 갖는 권위는 대단합니다.

소문에 따르면 그들이 지하로 내려갈 때마다 그곳의 에우사피아에서는 항상 뭔가가 바뀌어 있다고 합니다. 죽은 자들이 그들의 도시에 혁신을 가져온 것입니다. 많지는 않지만, 그것은 일시적인 변덕의 산물이 아니라 심사숙고를 통한 결과임이 분명합니다. 한 해 한 해 흐르면서 사람들은 죽은 자들의 에우사피아가 산 사람들의 에우사피아와 다르게 변했다고 말합니다. 두건 쓴 형제 회원들이 죽은 자들의 도시에 나타난 새로운 변화를 들려주면 산 사람들은 죽은 사람들에게 뒤떨어지지 않기 위해 그들도 그렇게 하고 싶어 합니다. 그렇게 해서 산 사람들의 에우사피아는 자신의 복사판인 지하 도시를 모방하게 되었습니다.

이 일이 근래에 시작된 것은 아니라고들 합니다. 사실 죽은 자들이 자신들의 도시와 똑같은 도시를 지상에 세웠을지도 모른다는 겁니다. 이제 더 이상 두 쌍둥이 도시 중 어떤 게 산 사람들의 도시고 어떤 게 죽은 사람들의 것인지 구별할 방법이 없습니다.

도시와 하늘 2

베르셰바에는 이런 믿음이 전해져 오고 있습니다. 또 다른 베르셰바가 하늘에 걸려 있는데 그 도시에서는 덕성과 가장 고귀한 감정들이 균형을 이루고 있다는 겁니다. 그리고 지상의 베르셰바가 천상의 베르셰바를 모델로 삼는다면 지상의 베르셰바는 천상의 것과 하나가 될 것이라고 합니다. 전통적으로 널리 퍼진 베르셰바의 이미지는 은 자물쇠와 다이아몬드 문을 가진 순금 도시이며 보석이 여기저기 박힌 도시라는 겁니다. 그것은 가장 값비싼 재료를 가지고 더할 나위 없이 근면한 연구를 수행한 결과 탄생한 이미지입니다. 이러한 믿음을 진심으로 간직하는 베르셰바의 주민들은 천상의 도시를 상기시키는 모든 것에 경의를 표합니다. 값비싼 금속들과 희귀한 돌들을 모아 놓고는, 덧없는 안락을 포기하고 갖가지 요소로 이루어진 침착함을 발전시켜 나갑니다.

그러면서도 이 주민들은 땅속에도 또 다른 베르셰바, 그들이 멸시하고 무시할 필요가 있는 모든 것들이 숨어 있는 장소가 존재한다고 믿습니다. 그리고 아래쪽에 있는 쌍둥이 도시와의 모든 관계나 유사성을 위에 있는 베르셰바에서 지워 버리기 위해 계속 신경을 씁니다. 그들은, 지하 도시에는 지붕 대신 뒤집힌 쓰레기통이 있으며, 거기서 치즈 껍질, 기름에 전 종이, 생선 비늘, 구정물, 스파게티 찌꺼기, 낡은 붕대 들이 쏟아져 나온다고 상상합니다. 혹은 바로 도시 자체의 본질이, 인간의 내장처럼 길게 이어져 있는 지하 하수관을 따라 어두운 구멍에서 구멍으로 떨어지다가 마지막 지하 바닥으로 뚝뚝 떨어지는 역청처럼 그렇게 검고 끈적거리고 탁하다고 생각할지도 모릅니다. 그리고 바로 그 지하를 에워싸고 있는 느릿느릿한 역청 거품들에서부터 나선형 첨탑들이 서 있는 찌꺼기 도시의 건물들이 세워진다고 생각할지도 모릅니다,

베르셰바의 믿음에는 진실한 부분과 거짓된 부분이 있습니다. 베르셰바가 자신을 투영한 두 도시, 천상의 도시와 지옥의 도시를 가지고 있다는 것은 사실입니다. 하지만 그 도시의 실체에 대해서는 사람들이 잘못 알고 있습니다. 베르셰바 지하의 가장 깊숙한 곳에 둥지를 틀고 있는 지옥은 가장 권위 있는 건축가들이 설계하고 시장에서 가장 값비싸게 나가는 자재들을 이용해 건설했으며, 온갖 종류의 기계 장치들과 기어들이 작동하고, 장식 술과 리본, 파이프와 지렛대에 매달린 끈 들로 꾸며진 도시입니다.

완벽함을 쌓아 가는 일에 너무나 몰두한 나머지, 베르셰바는 스스로의 텅 빈 항아리를 다시 채우는 데 골몰하는 우울한 열정을 미덕으로 여깁니다. 편안하게 긴장이 완화되는 유일한 순간들은 바로 스스로에게서 분리되어 그것을 떠나 보내고 스스로 확장되어 나가

게 하는 순간들임을 도시는 알지 못합니다. 여전히 베르셰바의 천정(天頂)에서는 버려진 것들에 에워싸인 채 도시의 부유함으로 눈부시게 빛나는 천체가 중력의 작용으로 움직이고 있습니다. 이 천체는 감자 껍질, 부서진 우산, 구멍 난 양말, 반짝이는 유리 조각, 떨어진 단추, 초콜릿 포장지가 펄럭이고 기차표와 잘라 버린 손톱과 티눈, 달걀 껍질로 뒤덮인 행성입니다. 이것이 천상의 도시입니다. 그리고 꼬리 긴 별똥별이 그 하늘을 날아갑니다. 배설을 할 때에만 탐욕스럽고 타산적인 계산을 하지 않는 도시, 베르셰바의 주민들이 할 수 있는 단 하나의 자유롭고 행복한 행동에 의해 공간을 날아갈 수 있게 된 별똥별들입니다.

지속되는 도시들 1

레오니아 시는 매일 스스로를 새롭게 바꿔 갑니다. 아침마다 주민들은 깨끗한 시트에서 눈을 뜨며 포장지를 금방 벗긴 비누로 세수를 하고 새 가운을 입고 최신형 냉장고에서 아직 뚜껑을 따지 않은 캔들을 꺼내며 최신 모델의 라디오에서 흘러나오는 최근 소식을 듣습니다.

보도 위에서는, 레오니아에서 나온 어제의 쓰레기들이 깨끗한 비닐봉지에 싸여 쓰레기 차를 기다리고 있습니다. 눌러 짠 치약, 터져 버린 전등, 신문, 그릇, 포장 재료 같은 것들만이 아니라 보일러, 백과사전, 피아노, 도자기 세트 같은 것들도 있습니다. 레오니아의 풍요로움은 매일 생산되고 판매되고 구매되는 것보다, 매일 새로운 것들에게 자리를 내주기 위해 버려지는 물건들로 측정될 수 있습니다. 그래서 레오니아가 가장 열광하는 일이 정말 소문처럼 새롭고 다양한 물건들을 즐기는 것인지 혹은 오히려 되풀이되는 불순함을 쫓아 버려 자신에게서 멀어지게 하고 스스로를 정화하는 것인지 자문해 보게 됩니다. 당연히 청소부들은 천사처럼 환영을 받습니다. 어제의 잔재를 치우는 그들의 임무는, 신심에 영향을 주는 의식처럼 말 없는 존경을 받습니다. 혹은 그저 아무도 한번 버린 물건은 다시 생각하고 싶어 하지 않기 때문인지도 모릅니다.

청소부들이 매일 쓰레기를 어디로 가져가는지 궁금해하는 사람은 아무도 없습니다. 물론 그들은 그것을 도시 밖으로 가져갑니다. 하지만 매년 도시가 확장되기 때문에 쓰레기장은 점점 더 멀리 물러나야 합니다. 버려지는 양이 늘어나면 늘어날수록 쓰레기 더미는 점점 더 높아지고 겹겹이 쌓이고 반경을 넓혀갑니다. 게다가 새로운 물건들을 만드는 레오니아의 기술이 발전할수록 쓰레기의 질도 더 좋아져서 시간과 악천후와 부패와 연소에 저항력을 키워갑니다. 레오니아를 에워싼, 파괴되지 않는 쓰레기 요새가 산맥처럼 사방에서 도시를 압도합니다.

결과는 이렇습니다. 레오니아에서 물건들을 내버리면 버릴수록 쓰레기는 더 많이 쌓입니다. 과거의 파편들이 벗을 수 없는 갑옷으로 단단하게 굳습니다. 도시는 매일 새로워지면서 단 하나의 결정적인 형태로 스스로를 완전히 보존해 나갑니다. 바로 그저께의, 그리고 매달, 매년, 십 년 전의 쓰레기들 위에 쌓이는 어제의 쓰레기 더미의 형태로 말입니다.

만약 가장 멀리 있는 쓰레기 산 너머에서, 레오니아의 청소부들과 마찬가지로 쓰레기들의 산을 멀리 밀어붙여야만 하는 다른 도시의 청소부들이 쓰레기 더미를 밀고 오지 않는다면, 레오니아의 쓰레기들이 서서히 세계를 침범하게 될 겁니다. 어쩌면 레오니아의 경계

선 너머 이 세계 전체가 쓰레기 분화구로 뒤덮여 있고, 각각의 분화구 한가운데에는 끊임없이 쓰레기를 분출하는 대도시가 있는지도 모릅니다. 오염된 성벽이 낯설고 적대적인 도시들 사이의 경계선이고, 각 성벽의 잔해들이 서로를 지탱해 주기도 하고 중첩되기도 하고 뒤섞이기도 합니다.

높이가 높아질수록 붕괴의 위험은 더욱 커집니다. 레오니아 쪽에서 깡통 하나, 낡은 타이어 하나, 상표가 떨어져 나간 포도주 병 하나만 굴러 와도 끝입니다. 그렇게 되면 떨어진 신발, 지난해의 달력, 마른 꽃 들이 산사태 나듯 무너져 내려, 도시는 — 그렇게 거부하려 애썼으나 결국 성공하지 못하고 — 자신의 과거 속에 잠겨버리고, 경계에 접한 도시들과 뒤섞여 마침내 깨끗해집니다. 이 재해는 더러운 산맥들을 평평하게 만들 것이고 언제나 새옷으로 갈아입던 대도시의 흔적들을 모조리 지워 버릴 겁니다. 이미 옆 도시에서는 땅을 평평하게 고르고 새로운 지역으로 도시를 확장하고 새로운 쓰레기들을 더 멀리 보내기 위해 불도저를 준비하고 있습니다.

폴로가 말했다.

"……어쩌면 이 정원의 테라스에서는 우리 정신 속의 호수 쪽만 바라볼 수 있는 것인지도 모릅니다……."

쿠빌라이가 말했다.

"…… 지휘관으로서, 상인으로서 힘겨운 임무를 수행하기 위해 먼 곳을 간다 해도 우리 두 사람 모두의 마음속에는 이 정원의 조용한 그림자, 띄엄띄엄 이어지는 이런 대화, 늘 똑같은 이런 저녁이 간직되어 있을 걸세."

폴로가 말했다.

"정반대의 가정이 적절하지 않다면 그렇습니다. 그 가정이란 이런 것입니다. 병영과 항구에서 애쓰는 이들은 우리 두 사람이 이 대나무 숲 속에서, 처음부터 꼼짝하지 않고 그것들을 생각하기 때문에 존재하는 것일 뿐입니다."

쿠빌라이가 말했다.

"노역, 고함, 상처, 악취가 존재하는 게 아니라 이런 진달래만 존재한다면 그렇겠지."

폴로가 말했다.

"짐꾼, 석공, 청소부, 닭 내장을 씻는 요리사, 돌 위에서 허리를 구부리고 빨래하는 세탁부, 갓난아기에게 젖을 먹이며 쌀을 휘젓는 어머니 들이 우리가 그들을 생각할 때만 존재하는 게 아니라면 그럴 것입니다."

쿠빌라이가 말했다.

"솔직히 말해, 난 한번도 그들을 생각해 본 적이 없네."

폴로가 말했다.

"그러면 존재하지 않는 겁니다."

쿠빌라이가 말했다.

"이건 우리에게 적당한 가정이 아닌 것 같군그래. 그들이 없다면 우리는 이 해먹 속에 누워 흔들거리고 있을 수 없었을 테니."

폴로가 말했다.

"그러면 그 가정은 배제되어야 합니다. 그러니까 다른 가정이 진짜가 됩니다. 그들은 존재하고 우리는 존재하지 않습니다."

쿠빌라이가 말했다.

"우리가 이곳에 있지만 우리는 존재하지 않는다는 게 증명되었군."

폴로가 대답했다.

"그런데 사실 우리는 여기에 있습니다."

8

칸의 왕좌가 놓여 있는 바닥에는 마욜리카 도자기 타일이 넓게 깔려 있었다. 말 없는 보고자인 마르코 폴로는 제국의 국경으로 여행을 다녀오며 가져온 상품의 견본들을 그 위에 늘어놓았다. 투구, 조개, 코코넛, 부채였다. 흰색과 검은색의 타일 위에 물건들을 일정한 질서에 따라 늘어놓았다가 천천히 신중한 동작으로 그것들의 자리를 바꾸면서 사신은 황제의 눈앞에서, 자신이 여행에서 겪은 일들, 제국의 상태, 멀리 떨어진 지방 도시들의 특징을 나타내려 애썼다.

쿠빌라이는 예리한 체스꾼이었다. 그는 마르코의 손동작을 좇으며 어떤 체스 말이 다른 말 옆으로 끼어들어야 할지, 제외되어야 할지 그리고 어떤 선을 따라 이동해야 할지를 곰곰이 생각했다. 그는 물건들의 다양한 형태를 무시한 채, 그것들이 서로 갖는 관계를 고려해서 마욜리카 타일 바닥 위에 배치하는 방법을 명확히 알고 있었다. 그는 이렇게 생각했다.

'모든 도시가 체스 같다면 체스의 규칙을 다 알게 되는 날 나는 마침내 내 제국을 소유하게 될 것이다. 제국에 속한 도시들을 하나하나 다 알지는 못하더라도 말이다.'

사실 마르코가 황제에게 제국의 도시에 대해 보고하기 위해 이 수많은 잡동사니에 의지할 필요는 없었다. 정확하게 종류가 구별되는 체스 말들과 체스 판이면 충분했다. 모든 말들에 차례로 적절한 의미를 부여할 수 있었다. 나이트는 진짜 기사를 표현할 수도 있었고 마차 행렬, 행진 중인 군대, 기마상을 표현할 수도 있었다. 퀸은 발코니에 나온 귀부인, 분수, 끝이 뾰족한 둥근 지붕의 교회, 마르멜로 나무가 될 수 있었다.

마지막 임무에서 돌아온 마르코 폴로는 칸이 체스 판 앞에 앉아 자신을 기다리고 있는 것을 발견했다. 칸은 손짓으로 그를 불러, 자기 앞에 앉아 그가 방문했던 도시들에 대해 체스 말만 가지고 설명해 보라고 권했다. 베네치아인은 낙담하지 않았다. 칸의 체스 말들은 매끄러운 상아로 큼지막하게 만든 것이었다. 마르코는 체스 판 위에 검은 루크와 검은 나이트 들을 늘어놓고, 폰 무리들을 모아 곧은 길, 혹은 여왕의 걸음걸이처럼 비스듬한 길 들을 그리면서 달이 뜬 한밤의 검고 흰 도시들의 공간과 원근을 재현했다.

이 완벽한 풍경들을 물끄러미 바라보며 쿠빌라이는 도시들을 지탱하고 있는 보이지 않는 질서들과 규칙, 즉 발생하고 형태를 취하고 번영하고 계절에 순응하며 쇠락하고 소멸해 가는 과정을 정하는 규칙들에 대해 깊이 생각했다. 가끔 끝없는 기형과 부조화의 아래에 깔려 있는 일관되고 조화로운 체계를 금방이라도 발견할 것 같은 순간이 있었다. 그렇지만 체스와 비교할 수 있는 모델은 그 어디에도 없었다. 어쩌면 조그만 상아 조각들을 가지고 어찌되었든 잊힐 수밖에 없는 환영들을 불러내려 머리를 짜내는 것보다는, 규칙에 따라 체스를 두고 이어지는 체스 판의 상태를, 형태의 체계가 함께 모였다가 파괴되는, 셀 수 없는 형태들의 하나로 관조하는 게 훨씬 더 나을지도 몰랐다.

이제 쿠빌라이 칸은 마르코 폴로를 머나먼 곳으로 원정 보낼 필요를 느끼지 않았다. 그는 폴로를 붙들고 끝없이 체스를 두었다. 제국에 대한 지식은 거칠게 도약하는 기사, 주교들의 급습으로 뚫리는 좁은 통로, 왕과 졸의 꼴사나우면서도 조심스러운 걸음, 냉정하게 승패가 교차되는 게임이 그려 내는 속에 숨겨져 있었다.

칸은 게임에 집중하려 애썼다. 하지만 이제 게임의 목적이 그에게서 사라졌다. 모든 게임의 결과는 승리 아니면 패배이다. 그런데 무엇을 얻고 무엇을 잃는 것인가? 진짜 판돈은 어떤 것일까? 외통장군으로 궁지에 몰릴 때, 승리자의 손을 뿌리치고 나온 왕의 발밑에는 검거나 흰 정사각형밖에 남아 있지 않다. 자신이 정복한 것을 산산조각 내고 본질적인 것으로 환원하기 위해 쿠빌라이는 극단적인 방법을 이용하기에 이르렀다. 그러니까 결정적인 정복을 이뤘다 해도 거기서 얻은 제국의 다양한 보물들은 사람을 현혹하는 껍질에 불과하며, 그러한 정복은 대패로 민 체스 판 위에서 무(無)일 뿐이었다.

도시와 이름 5

이레네는 전등불이 켜지는 시간에 고원의 가장자리 밖으로 몸을 내밀면 보이는 도시로, 공기가 맑을 때는 저 멀리 아래쪽으로 분홍빛 촌락이 선명하게 눈에 띕니다. 창문이 다른 곳보다 더 많이 모여 있는 곳, 어슴푸레한 가로등이 한적한 골목들을 비추는 곳, 탑들이 봉화를 올리는 곳 말입니다. 안개가 낀 저녁이라면 흐릿한 빛이 개울 바닥의 우윳빛 해면처럼 부풀어 오릅니다.

고원의 여행자들, 가축을 다른 곳으로 몰고 가는 목동들, 쳐놓은 새 그물을 감시하는 새잡이들, 나물을 뜯는 은둔자들 모두 고원 밑을 내려다보며 이레네를 이야기합니다. 때때로 큰북과 트럼펫 소리, 축제용 조명 속에서 연신 터져 나오는 폭죽 소리가 바람에 실려 오기도 합니다. 때로는 기관총을 장전하는 소리, 내전의 포화 속에서 탄약고가 폭발하는 소리가 들리기도 합니다. 고원 위에서 내려다보는 사람들은 도시에서 어떤 일이 벌어지고 있는지 상상하며 그날 밤

이레네에 있는 게 행복한 일일지 아니면 끔찍한 일일지 자문해 봅니다. 이레네에 갈 생각은 없지만 (어쨌든 아래쪽으로 이어지는 길들이 험하기도 합니다.) 이레네는 그 위에 있는 사람들의 시선과 생각을 끌어당깁니다.

이쯤에서 쿠빌라이 칸은 마르코가 내부에서 본 이레네의 모습을 이야기해 주길 기다린다. 그런데 마르코는 이야기를 할 수 없다. 고원 사람들이 이레네라고 부르는 도시가 어떤 도시인지는 알 수 없다. 게다가 어떤 도시인지는 그다지 중요하지도 않다. 그 도시를 보기 위해 도시 한가운데에 서 있으면 그것은 전혀 다른 도시처럼 보일 수 있다. 이레네는 멀리서 본 도시의 이름이다. 가까이에서 본다면 도시의 이름은 달라진다.

그곳에 들어가지 않고 지나가는 이에게 도시가 이런 모습이라면, 그 안에 들어가서 나오지 않는 사람에게 도시는 저런 모습이 될 겁니다. 그건 처음으로 도착하는 도시일 수도 있고 한번 떠나면 영영 돌아오지 않을 도시일 수도 있습니다. 이런 각각의 도시는 모두 다른 이름을 가질 만한 가치가 있습니다. 어쩌면 제가 이미 다른 이름으로 이레네 이야기를 했는지도 모릅니다. 어쩌면 저는 이레네밖에 이야기하지 않았을 수도 있습니다.

도시와 죽은 자들 4

아르지아가 다른 도시들과 다른 점은 공기 대신 그 자리를 흙이 차지하고 있다는 겁니다. 길들은 완전히 흙에 묻혀 있고 방은 천장까지 진흙으로 차 있으며 계단에는 다른 계단이 반대로 놓여 있고 지층이 먹구름 낀 하늘처럼 무겁게 지붕을 짓누르고 있습니다. 주민들이 지렁이 같은 좁은 터널과 뿌리가 이리저리 뻗어 나가며 생긴 좁은 틈을 넓혀가며 시내를 돌아다니는지 어떤지는 우리가 알 수 없습니다. 습기가 인간의 몸을 망가뜨리고 기운을 빼앗아 가버립니다. 어둡기 때문에 가만히 누워 있는 것이 좋을 겁니다.

위에서 보면 아르지아는 전혀 보이지 않습니다. "저 흙 밑에 있다."라고 말하는 사람이 있기 때문에 그걸 믿는 도리밖에 없습니다. 그곳은 사막처럼 황량합니다. 밤에 땅에 귀를 가까이 갖다 대면 가끔 문을 쾅 닫는 소리가 들립니다.

도시와 하늘 3

테클라에 도착하는 사람은 널빤지 울타리 너머의 삼베 가리개, 비계, 철근 보강재, 밧줄에 매달려 있거나 나무 받침대에 놓인 좁은 나무 통로에 가려 도시의 모습을 거의 볼 수가 없습니다.

"테클라의 건설 공사는 왜 이렇게 오랫동안 계속되는 겁니까?" 하고 주민들에게 물어본다면, 그들은 여전히 양동이의 끈을 감아올리고, 납줄을 내려뜨리며 긴 붓을 위아래로 움직이면서 이렇게 대답할 겁니다.

"파괴가 시작될 수 없게 하려고요."

비계가 철거되자마자 곧 도시가 무너져 내리고 산산조각 날 텐데, 두렵지 않느냐고 물어보면 그들은 서둘러 작은 목소리로 덧붙일 겁니다.

"도시만이 아닙니다."

만약 대답에 만족을 느끼지 못해 어떤 사람이 방벽의 갈라진 틈에 눈을 갖다 댄다면 다른 기중기를 끌어 올리고 있는 기중기, 다른 비계들을 에워싸고 있는 비계, 다른 대들보들을 지탱해 주고 있는 대들보 들을 볼 수 있을 겁니다.

"당신들의 건축은 무슨 의미가 있나요? 건축 중인 도시의 목적이 도시가 아니라면 뭔가요? 여러분이 보는 설계도는 어디 있죠, 청사진은?"

"오늘 공사가 끝나면 바로 보여드리지요. 지금은 일을 중단할 수 없습니다."

그들이 대답합니다.

해 질 녘에 일이 끝납니다. 건설 현장에 밤이 찾아옵니다. 별이 총총히 뜬 밤입니다.

"이게 바로 청사진입니다."

그들이 말합니다.

지속되는 도시들 2

트루데 땅을 밟았는데 큰 글자로 쓰인 도시 이름을 보지 못했다면, 저는 제가 떠나왔던 바로 그 공항에 도착했다고 생각했을 겁니다. 제가 지난 도시의 근교는 노란색과 연한 초록색 집들이 보이는 다른 도시의 그것과 비슷했습니다. 역시 다른 도시에서 본 것과 똑같은 표지를 따라 똑같은 광장의 똑같은 꽃밭 주위를 돌게 됩니다. 시내의 거리들은 전혀 다를 것 없는 상품들, 꾸러미, 간판 들을 보여 줍니다. 트루데에 온 건 이번이 처음이지만 저는 제가 묵을 여관을 이미 알고 있었습니다. 저는 고철을 사고팔던 상인들의 이야기를 이미 들었고 그들과 이야기를 나누기도 했습니다. 그날도 다른 날들과 마찬가지로 술잔을 통해 무희들의 흔들리는 배꼽을 바라보며 하루를 마쳤습니다.

왜 트루데에 온 것일까? 저는 자문해 보았습니다. 저는 벌써 떠나고 싶어졌습니다.

"원할 때면 언제라도 다시 비행기를 탈 수 있습니다."

사람들이 제게 말했습니다.

"하지만 당신은 트루데와 완전히 똑같은 또 다른 트루데에 도착하게 될 겁니다. 세상은 시작도 없고 끝도 없는 하나의 트루데로 뒤덮여 있을 뿐이고 단지 공항의 이름만 바뀔 뿐입니다."

숨겨진 도시들 1

올린다에서 천천히 걸어가며 주의 깊게 살펴보다 보면 어느 곳에선가 핀의 머리보다 더 크지 않은 지점을 발견할 수 있는데, 이 지점을 조금 확대해 보면 그 속에서 지붕, 안테나, 채광창, 정원, 연못, 거리를 가로지르는 횡단보도, 광장의 가판대, 경마장이 보입니다. 그 지점은 그곳에 그대로 남아 있지 않습니다. 일 년 뒤에 그것이 레몬 반쪽 정도의 크기로, 그러다가 버섯만큼, 그리고 스프 그릇만큼 커진 것을 발견하게 됩니다. 그리고 이제 예전의 도시 안에 에워싸여 있는 완전한 크기의 도시가 됩니다. 새로운 도시는 옛 도시의 한가운데서 점점 더 자리를 넓게 차지해 가고 이전 도시를 밖으로 밀어냅니다.

물론 올린다가, 매년 테두리가 늘어나는 나이테처럼 동심원으로 성장하는 유일한 도시는 아닙니다. 하지만 다른 도시들에는 한가운데 아주 좁은 원형의 옛 성벽이 그대로 남아 있어, 거기로부터 퇴락한 종탑, 탑, 기와지붕, 돔 들이 삐죽 서 있는 한편 신시가들은 풀린 벨

트처럼 그 주변으로 뻗어 나갑니다. 올린다는 그렇지 않습니다. 오래된 성벽은 구시가를 품은 채 확장, 확대되어 나가지만 도시 경계의 드넓은 지평선에서도 비례를 유지하고, 그 균형을 잃지 않습니다. 구시가들은 비록 반경을 넓히기는 하지만, 그래도 내부에서 밖으로 밀고 나오는, 가장 최근에 생긴 구역에 자리를 내주기 위해 되도록 자신의 부피를 줄이며, 자기보다 덜 낡은 구역을 감쌉니다. 도시의 가장 안쪽까지 그런 식으로 이어집니다. 완전히 새로운 올린다는 최소로 축소된 크기 속에, 첫 번째 올린다와 서로에게서 싹튼 수많은 올린다들의 특징과 수액의 흐름을 간직하고 있습니다. 안쪽의 가장 작은 원 속에는 (하지만 이 도시들을 구분하기는 힘듭니다.) 미래의 올린다와 계속 성장할 올린다들이 싹트고 있습니다.

…… 칸은 게임에 집중하려 애썼다. 하지만 이제 게임의 목적은 그에게서 사라졌다. 모든 게임의 결과는 승리 아니면 패배이다. 그런데 무엇을 얻고 무엇을 잃는 것인가? 진짜 판돈은 어떤 것일까? 외통장군으로 궁지에 몰릴 때 승리자의 손을 뿌리치고 나온 왕의 발밑에는 검거나 흰 정사각형밖에 남아 있지 않다. 자신이 정복한 것을 산산조각 내고 본질적인 것으로 환원하기 위해 쿠빌라이는 극단적인 방법을 이용하기에 이르렀다. 그러니까 결정적인 정복을 이뤘다 해도 거기서 얻은 제국의 다양한 보물들은 사람을 현혹하는 껍질에 불과하며, 그러한 정복은 대패로 민 체스 판 위에서 무(無)일 뿐이다.

그러자 마르코 폴로가 말했다.

"폐하, 폐하의 체스 판은 흑단과 단풍나무로 상감 세공을 한 것입니다. 폐하의 빛나는 시선을 붙잡아 두는 체스 말은 가뭄이 든 해에 자란 나무 둥치의 한 층을 잘라 만든 것입니다. 나뭇결이 어떻게 배치되었는지 보시겠습니까? 여기 막 생길락 말락 한 마디가 보이는군요. 어느 이른 봄날 새싹 하나가 피어나려고 했습니다만 간밤의 서리 때문에 포기해야 했습니다."

그때까지 칸은 이 외국인이 자기네 나라 말을 그토록 유창하게 한다는 사실을 깨닫지 못했다. 그러나 그를 놀라게 한 것은 그것이 아니었다.

"여기 아주 커다란 구멍이 하나 있습니다. 이것은 어쩌면 유충의 보금자리였는지도 모릅니다. 생겨나자마자 계속 구멍을 냈으니까 나무좀이 아니라 나뭇잎을 갉아먹는 나비 유충의 구멍이었을 것이며, 이 나무가 잘릴 나무로 선택된 것은 바로 이 때문일 것입니다……. 이 가장자리는 소목장이가 둥근 끌로 조각했는데, 옆의 정사각형에 붙여 더욱 도드라져 보이도록 했습니다……."

쿠빌라이는 매끄럽고 속이 빈 나뭇조각에서 읽을 수 있는 수많은 것들 속에 잠겨 버렸다. 벌써 마르코 폴로는 흑단나무 숲, 강물들을 따라 내려오는 뗏목들, 뗏목의 도착지들, 창가에 얼굴을 내민 여인네들에 관해 이야기하고 있었다…….

9

칸은 제국과 주위 왕국의 모든 도시들의 저택, 거리, 성벽, 강, 다리, 항구, 절벽 들이 하나도 빠짐없이 그려져 있는 지도를 가지고 있었다. 칸은 마르코 폴로의 이야기를 들으며 사실 자신도 너무나 잘 알고 있는 도시들에 대해 새로운 정보를 기대하는 게 쓸모없는 일이라는 것을 알게 되었다. 네 개의 사원과 사계절에 따라 열리는 네 개의 성문을 가진 정사각형의 도시 세 개가 서로의 도시 속에 자리 잡고 있는 중국의 수도 캄발루크[19]가 어떤 도시인지, 자바 섬에서는 가공할 뿔을 가진 코뿔소가 어떻게 성내며 달려드는지, 말라바르 해안에서는 바닷속에서 진주를 어떻게 채취해 올리는지를 그는 잘 알고 있었다.

쿠빌라이가 마르코에게 물었다.

"서양으로 돌아가면 내게 했던 것과 똑같은 이야기를 고향 사람

19 북경을 지칭함. 몽골인들이 북경을 '칸의 대도시(Khanbalig)'라고 부른 데서 연유했다.

들에게 해 줄 건가?"

"이야기하고 또 할 겁니다."

마르코가 말했다.

"하지만 제 말을 듣는 사람은 자기가 기대했던 말만을 간직할 것입니다. 그것은, 지금 폐하께서 귀 기울이시는 세계에 대한 묘사일 수도 있고 제가 돌아가는 날 저희 집 거리를 오갈 짐꾼이나 곤돌라 뱃사공들에 대한 묘사일 수도 있습니다. 또 제가 만약 제노바 해적들에게 잡혀 모험 소설을 쓰는 작가와 같은 감방에서 생활하게 되었을 경우, 말년에 작가에게 들려줄 수 있는 묘사이기도 합니다. 이야기를 지배하는 것은 목소리가 아닙니다. 귀입니다."

"가끔 내가 화려하면서도 보이지 않는 현재에 포로가 되어 있을 때, 그럴 때면 자네의 목소리가 까마득하게 들려오곤 하지. 그 현재에서는 모든 형태의 인간 사회가 그 순환의 마지막 지점에 도달해 있는데, 앞으로 어떤 새로운 형태를 취하게 될지는 상상조차 할 수 없다네. 그래서 나는 자네의 목소리를 통해 도시들이 살아가는, 그리고 어쩌면 죽은 뒤에도 다시 살아나게 될 보이지 않는 이유를 듣게 된다네."

칸은 전 지구가 그려져 있고 대륙, 먼 왕국의 경계, 항로, 해안선, 유명한 대도시 들과 풍요로운 항구들의 지도들이 그려진 지도책을 가지고 있었다. 황제는 마르코 폴로의 지식을 시험하기 위해 그의 앞에서 그것을 한 장씩 넘겼다.

여행자는 긴 해협, 좁은 만, 내해(內海)의 세 해변이 에워싸고 있는 도시를 보고 그게 콘스탄티노플이라는 것을 알아냈다. 예루살렘

이, 비슷한 높이로 서로 마주 보고 있는 두 개의 언덕 위에 자리 잡고 있다는 것을 떠올렸다. 그는 주저 없이 사마르칸트와 그 정원들을 가리켰다.

다른 도시들은 입에서 입으로 전해져 내려오는 설명에 의지하거나 몇 가지 안 되는 힌트들을 통해 알아맞혔다. 칼리프의 진주들로 빛나는 그라나다, 깨끗한 북쪽의 항구 뤼베크, 흑단 나무 때문에 시커멓고 상아 때문에 하얀 팀북투[20], 수백만의 사람들이 매일 바게트 빵을 들고 귀가하는 파리를 그렇게 알아맞혔다.

축소된 총천연색 지도에는 보기 드문 형태의 주거지들이 그려져 있었다. 사막의 모래언덕들 사이 우묵하게 들어간 곳에 숨겨져 있어, 야자수 끄트머리만 간신히 보이는 오아시스는 분명 네프타였다. 유사(流砂)와 밀물 때문에 소금기가 감도는 풀밭에서 풀을 뜯는 젖소들 사이에 서 있는 성은 몽생미셸을 떠올리게 했다. 도시의 성벽 안에 서 있는 것이 아니라 자신의 성벽 안에 한 도시를 품고 있는 왕궁은 우르비노일 수밖에 없다.

지도에는 마르코도, 지리학자들도, 실제로 존재하는지, 그리고 어느 곳에 존재하는지 모르지만, 존재 가능한 도시의 형태에서 빼놓을 수 없는 도시들이 그려져 있었다. 여러 부분이 방사상으로 나뉜 모형 같은 쿠스코, 완벽한 교환의 질서를 반영하며 목테수마[21] 왕궁이 내려다보이는 호숫가에 자리 잡은 푸릇푸릇한 신록의 멕시코, 구근 같은 돔의 도시 노브고로트, 구름 덮인 세계의 지붕 위로 높이 솟은 하얀 지붕들의 도시 라사, 마르코는 이런 도시들의 이름도 말했다.

---

20 말리 중부에 있는 도시.

21 아즈텍의 마지막 황제.

그 이름이 어떤 것인지는 중요하지 않았다. 그리고 그는 그런 곳에 가기 위한 방법을 암시했다. 도시들의 이름은 외국어의 수만큼이나 수없이 변했다. 모든 도시는 여러 곳에서 서로 다른 길들과 거리를 통해 말을 타고 마차를 타고 배를 타고 비행기를 타고 도착할 수 있었다.

"내가 보기에 자네는 지도 위의 도시들을 그곳을 직접 방문한 사람보다 더 잘 알고 있는 것 같군."

황제가 갑자기 지도책을 덮으며 마르코에게 말했다.

그러자 폴로가 말했다.

"여행을 하면서 차이가 사라져 가는 것을 깨닫게 됩니다. 각 도시는 다른 모든 도시들과 닮아가고 있습니다. 도시들은 형식, 질서, 차이 들을 서로 교환합니다. 무형의 먼지가 대륙을 침입합니다. 폐하의 지도책은 그 차이들을 고스란히 간직하고 있습니다. 이름의 문자들처럼 특성들이 배합되어 있습니다."

칸은 모든 도시의 지도들이 모여 있는 지도책을 가지고 있다. 튼튼한 토대 위에 성벽을 세워 놓은 도시들, 폐허로 변해 모래에 뒤덮여 버린 도시들, 언젠가는 존재하게 될 테지만 아직은 그 자리에 토끼 굴밖에 없는 도시들.

마르코 폴로는 지도책의 책장을 넘겼고 예리코, 우르, 카르타고를 알아보았으며 스카만드로스 강 하구의 정박지를 가리켰다. 그 정박지는 오디세우스가 못을 박은 목마가 권양기에 실려 트로이 성문 안으로 끌려갈 때까지 십 년 동안 트로이를 포위했던 병사들이 다시 배를 탈 날을 기다렸던 곳이다. 그러나 트로이에 대해 말하면서 마르코 폴로는 트로이를 콘스탄티노플처럼 이야기했고 마호메트가 여러

달 동안 그 도시를 포위 공격하게 되리라는 예상을 했다. 마호메트가 오디세우스같이 영리한 사람이라면 한밤의 어둠을 이용해 보스포루스 해협에서 골든 혼에 이르는 급류를 타고 페라와 갈라타를 돌아 노를 젓게 할 거라고 했다.

그와 같이 뒤섞여 버린 두 도시에서 제3의 도시가 탄생했는데 이 도시는 샌프란시스코라고 불릴 것이었으며, 금문 해협과 만 위에 길고 가벼운 다리가 놓일 수도 있고 가파른 길마다 전차가 올라갈 수 있으며, 태평양의 중심 도시로 꽃필 수도 있었다. 천 년 뒤, 황인종과 흑인종과 북아메리카 원주민과 살아남은 백인종의 자식들이 칸의 제국보다 더 광대한 제국에서 융화될 수 있는 시간인, 삼백 년 간의 긴 집중 공략 시기가 끝난 후에 말이다.

지도는 이런 특징들을 가지고 있었다. 그것은 아직 형태도 이름도 없는 도시의 형상을 드러냈다. 반원 형태에다 북쪽으로 향해 있고 영주의 운하, 황제, 귀족의 운하 등 동심의 운하들이 있는 암스테르담 모양의 도시가 있다. 고원의 황무지 사이에 자리 잡고 있으며 탑이 높이 솟은 성벽으로 에워싸인 요크 같은 도시가 있다. 두 강 사이, 가로로 길게 놓인 섬 위에 유리와 철강 탑이 빼곡하고, 브로드웨이를 제외하고는 모두 직선의 깊은 운하 같은 길들이 나 있는, 뉴욕이라고도 불리는 뉴암스테르담같이 생긴 도시가 있다.

도시의 형태는 그 목록이 무한하다. 모든 형태가 자신의 도시를 찾고 새로운 도시들이 계속 탄생하게 될 때까지. 모든 형태의 변화가 끝나고 나면 도시의 종말이 시작된다.

지도책의 마지막 페이지에는 로스앤젤레스, 교토, 오사카 같은 도시와 형태 없는 도시들의 시작도 끝도 없는 그물망들이 넘쳐난다.

도시와 죽은 자들 5

모든 도시는 라우도미아처럼, 똑같은 이름의 주민들이 살고 있는 다른 도시를 곁에 두고 있습니다. 그것은 죽은 자들의 라우도미아, 즉 묘지입니다. 그러나 라우도미아의 특별한 선물은 이중이 아니라 삼중의 라우도미아, 즉 태어나지 않은 자들의 도시인 세 번째 라우도미아를 가지고 있다는 겁니다.

이중 도시의 속성은 잘 알려져 있습니다. 산 자들의 라우도미아가 사람들로 들끓고 영역이 확장될수록 성벽 외곽의 무덤들이 펼쳐진 공간도 늘어납니다. 죽은 자들의 라우도미아의 길들은 장의사 차량이 겨우 돌아다닐 수 있을 정도로 좁고, 창문 없는 건물들이 줄지어 있습니다. 그렇지만 거리의 설계나 주거지의 배치 상태는 살아 있는 라우도미아의 것을 그대로 본뜬 것입니다. 살아 있는 도시에서와 마찬가지로 가족들은 점점 더 조밀해지는 벽감[22]에 모입니다. 화창한 날 오후에는 살아 있는 자들이 죽은 자들을 방문하고 그들의 석판 위에서 자신의 이름을 해독합니다.

살아 있는 사람들의 도시와 마찬가지로 또 하나의 이 도시 역시 고생, 분노, 환영, 감정 들의 역사를 이야기합니다. 여기에서만 모든 것은 필연적인 것이 되고 우연을 비켜 나가며 분류가 되고 질서 정연합니다. 살아 있는 이들의 라우도미아는 자신감을 갖기 위해 죽은 이들의 라우도미아에서 자기 자신에 대한 설명을 찾을 필요가 있습니다. 죽은 라우도미아에서 살게 될 위험을 감수하고서라도 말입니다. 거기서 찾아야 할 것은 하나 이상의 라우도미아를 위한, 존재할 수도 있었고 존재하지 않기도 했던 여러 도시들을 위한 설명, 혹은 부분적이고 모순적이며 실망을 안겨 줄 수도 있는 설명들입니다.

라우도미아는 아직 태어나지 않은 사람들에게도 똑같이 넓은 거주지를 할당해 주었습니다. 물론 공간이, 무한할 것으로 추정되는, 태어날 사람들의 숫자에 비례하는 것은 아닙니다. 하지만 그 공간이 텅 비어 있고 모두 벽감과 칸과 홈으로 된 건축물로 에워싸여 있으며, 태어나지 않은 사람의 크기를 원하는 대로 생각할 수 있기 때문에, 즉 쥐처럼 크거나 누에나 개미 알만 하다고 생각할 수 있기 때문에, 태어나지 않은 사람들이 똑바로 서 있거나 돌출 부위에 혹은 툭 튀어나온 선반 위에, 주두나 주각 위에 한 줄로 혹은 여기저기 흩어져서 웅크리고 앉아 다가올 그들의 미래에 대해 골똘히 생각하고 있다는 상상을 가로막는 것은 아무것도 없습니다. 또한 대리석 무늬 속에서 지금부터 백 년 혹은 천 년 후의 라우도미아, 한번도 구경조차 한 적이 없는 화려한 옷을 차려 입은 군중들, 예를 들면 가지색의 아

22 장식을 위해 벽면을 오목하게 파서 만든 공간.

프리카 민속 의상을 입었거나 칠면조 깃털이 꽂힌 터번을 쓴 사람들로 붐비는 라우도미아를 상상할 수도 있으며, 바로 그 도시에서 거래를 주고받고 복수를 하고 연애결혼이나 정략결혼을 하기도 하는 자신의 후손들과 우호적이었던 가문과 적대적이었던 가문의 후손들, 채무자와 채권자의 자손들을 발견할 수도 있습니다. 라우도미아의 살아 있는 사람들은 아직 태어나지 않은 자들의 집에 자주 들러 그들에게 의견을 묻습니다. 살아 있는 사람들의 발소리가 텅 빈 둥근 천장 밑에서 울려 퍼집니다. 질문은 침묵으로 이뤄집니다. 살아 있는 사람들이 질문하는 것은 태어날 사람에 관한 것이 아니라 항상 자기 자신들에 대한 것입니다. 화려한 명성을 남기는 일에 골몰하는 사람도 있고 자신의 수치스러운 일을 잊히게 하려고 애쓰는 사람도 있습니다. 모든 사람들은 자신의 행동이 어떤 방향으로 결과를 맺었는지 궁금해하며 그 선을 따라가고 싶어 합니다. 그러나 눈을 가늘게 뜨면 뜰수록 계속 이어지는 흔적을 알아보기가 더욱 힘들어집니다. 라우도미아의 미래 주민들은 앞에서 혹은 뒤쪽에서 떨어져 나온 먼지 입자들 같은 점으로 보입니다.

태어나지 않은 사람들의 라우도미아는 죽은 자들의 라우도미아처럼, 살아 있는 주민들에게 어떤 확신을 전해 주기보다는 걱정만을 전합니다. 결국 방문객들의 생각은 두 갈래로 갈라질 뿐이고 그중 어떤 게 더 많은 고통을 숨기고 있는지는 알 수가 없습니다.

우리는 태어날 주민의 수가 살아 있는 사람들의 수와 죽은 사람들의 수를 월등히 능가하고, 그래서 작은 돌 구멍마다 눈에 보이지 않는 수많은 사람들이 경기장의 관중석 같은 깔때기의 경사면에 운집해 있으며, 세대 변화가 있을 때마다 라우도미아의 주민들의 수가 늘어나고 모든 깔때기마다 수백 개의 다른 깔때기를 포함하고 있고 그 속에 태어나야 할 수백만의 사람들이 길게 목을 빼고 숨이 막히지 않게 입을 벌리고 있다고 할 수 있습니다.

혹은 라우도미아도 언제일지는 확실히 모르지만 언젠가는 사라져 버리고, 주민들도 모두 그 도시와 함께 사라져 버려, 즉 여러 세대들이 일정한 수에 이를 때까지 이어져 더 이상 계속할 수 없을 지점에 이르게 된다고 생각할 수도 있습니다. 그러면 죽은 자들의 라우도미아와 산 자들의 라우도미아는 마치 뒤집히지 않는 모래시계의 볼록한 유리병과 같아집니다. 삶과 죽음을 오가는 것은 모래알갱이가 모래시계의 잘록한 부분을 관통하는 것과 같으며, 쌓인 모래 위로 지금 막 떨어지려는 마지막 모래 알갱이는 라우도미아에 태어날 마지막 주민일 것입니다.

도시와 하늘 4

페린치아 시 건설에 필요한 규정들을 정하기 위해 소집된 천문학자들은 별들의 위치에 따라 장소와 날짜를 정했습니다. 데쿠마누스[23]와 카르도[24]로 교차하는 선, 태양의 움직임과 같게 방향을 맞춘 선, 천체 회전의 중심축에 방향을 맞춘 선 들을 그렸습니다. 모든 신전과 모든 구역이 적절한 성좌의 영향을 받을 수 있도록 황도 십이궁의 별자리에 따라 지도를 나누었습니다. 성벽에는 성문을 낼 지점을 정해 놓았는데, 각 위치는 다가올 천년기에 진행될 월식에 맞게 예정되어 있습니다. 천문학자들이 확신했듯이 페린치아는 하늘의 조화를 반영하는 도시가 될 것입니다. 자연의 섭리와 신들의 은총이 도시 주민들의 운명에 형태를 부여하게 될 것입니다.

---

23 로마 시대 도시에서 동서 방향의 축.

24 로마 시대 도시에서 남북 방향의 축.

페린치아는 천문학자들의 계산에 따라 정확히 건설되었습니다. 그리고 다양한 사람들이 이 도시로 와 정착했습니다. 페린치아에서 태어난 첫 세대는 그 성벽 안에서 성장하기 시작했습니다. 그리고 이제 이 첫 세대가 결혼을 하고 자식을 낳을 나이에 이르렀습니다.

페린치아의 거리와 광장에서 매일 폐하는 장애자, 꼽추, 뚱뚱한 남자, 수염 난 여자들을 만날 수 있으실 겁니다. 그러나 최악의 기형아들은 눈에 보이지 않습니다. 지하실이나 곡물 창고에서 목청껏 질러 대는 고함이 들려옵니다. 머리가 세 개 달렸거나 다리가 여섯 개인 자식들이 가족들에 의해 그곳에 숨겨져 있습니다.

페린치아의 천문학자들은 힘든 선택에 직면해 있습니다. 그들의 계산이 완전히 틀렸으며 그들의 숫자로는 하늘을 묘사할 수 없다는 것을 인정하거나, 이 괴물들의 도시가 신들의 질서를 반영한 것임을 인정해야 합니다.

지속되는 도시들 3

매년 여행 중에 저는 프로코피아에 들러 같은 여관의 같은 방에서 여장을 풀곤 합니다. 처음 왔을 때부터 저는 가만히 서서 창문의 커튼을 걷고, 창밖으로 보이는 풍경들을 바라보곤 했습니다. 도랑, 다리, 야트막한 돌담, 모과나무와 옥수수 밭, 검은딸기 덩굴로 뒤덮인 밭, 닭장, 사다리꼴 모양의 하늘 한 조각 같은 것들이었습니다. 분명히 말씀드리지만 처음에는 그 속에서 아무도 보지 못했습니다. 일 년 후에야 움직이는 나뭇잎들 사이에서, 보리를 씹어 먹고 있는 둥글고 밋밋한 얼굴을 구별해 낼 수 있었습니다. 다시 일 년 뒤에는 돌담 위에 세 명이 있었고 다시 돌아갔을 때는 그들 중 여섯 명이 한 줄로 앉아 있는 것을 보았습니다. 그들은 무릎 위에 두 손을 올려놓은 채 모과 몇 개가 담긴 접시를 들고 있었습니다. 매년 방에 들어갈 때마다 곧장 저는 커튼을 걷고 더 늘어난 얼굴들을 세었습니다. 도랑에 있는 사람들까지 열여섯이었습니다. 그 후에는 스물아홉 명이었는데 그중 여덟 명은 모과나무 위에 앉아 있었습니다. 닭장에 있는 사람들을 계산하지 않고도 마흔일곱 명이 되었습니다. 그들은 서로 닮았고 친절해 보였으며 뺨에는 주근깨가 나 있었고 웃고 있었습니다. 검은딸기 때문에 입 주위가 시커먼 사람도 있었습니다. 저는 곧 이 얼굴이 둥근 사람들로 다리가 꽉 찬 것을 보았습니다. 움직일 만한 공간이 더 이상 없었기 때문에 그들은 모두 바짝 붙어 있었습니다. 그들은 옥수수를 물더니 옥수수 알을 뜯어 먹었습니다.

그렇게 한 해 한 해 지나면서 도랑, 나무, 검은딸기 밭이 조용히 미소 짓는 얼굴들에 가려 사라지는 것을 보았습니다. 그 얼굴 중에는 통통한 뺨을 실룩거리며 나뭇잎을 씹는 얼굴도 있었습니다. 조그만 옥수수 밭 같은 그런 좁은 공간에 얼마나 많은 사람이 들어갈 수 있는지 상상도 할 수 없을 겁니다. 특히 두 팔로 무릎을 감싸 안고 꼼짝도 하지 않은 채 앉아 있을 경우에 말입니다. 그들의 수는 틀림없이 눈에 보이는 것보다 훨씬 많을 겁니다. 점점 더 많은 수의 사람들이 언덕 등성이를 덮어 버리는 것을 보았습니다. 하지만 다리 위의 사람들이 차곡차곡, 다른 사람들의 어깨 위에 걸터앉는 습관을 갖기 시작한 뒤로는 다리 너머를 볼 수가 없게 되었습니다.

올해 커튼을 걷었을 때, 마침내 창문은 오직 얼굴들만으로 꽉 차 있었습니다. 창문의 한쪽 귀퉁이에서 다른 쪽 귀퉁이까지, 같은 높이에 같은 간격으로 그 둥글고 밋밋한 얼굴들이 꼼짝 않고, 미소를 짓고 있었습니다. 그들 사이로 여러 개의 손들이 앞에 있는 사람의 어깨를 잡고 있었습니다. 하늘도 사라져 버렸습니다. 차라리 창가에서 멀어지는 게 나았습니다.

움직이는 것도 쉽지 않았습니다. 제 방에 스물여섯 사람이 함께 묵고 있었습니다. 다리를 움직이려면 바닥에 웅크리고 앉아 있는 사람들을 불편하게 해야만 했습니다. 나는 서랍장 위에 앉아 있는 사람들의 무릎과 교대로 침대에 기대고 있는 사람들의 팔꿈치 사이를 뚫고 지나가야 했습니다. 모두 친절한 게 천만다행이었습니다.

숨겨진 도시들 2

라이사에서의 삶은 행복하지 않습니다. 사람들은 양손을 비틀며 거리를 걸어가고, 우는 아이들에게 욕을 하며, 두 주먹으로 관자놀이를 누른 채 강가의 난간에 몸을 기대고 있습니다. 아침에 악몽에서 깨어나면 다른 악몽이 시작됩니다.

작업대에서는 매 순간 망치에 손가락이 뭉개지거나 바늘에 손가락이 찔리는 일이 일어납니다. 상인의 장부에 혹은 은행원의 장부에 세로로 적혀 있는 숫자들이 모두 잘못되어 있기도 합니다. 선술집 합석 계산대 위에, 한 줄로 놓인 유리컵들 앞에서 고개 숙여 노려보는 눈길들을 피할 수 있다면 그나마 다행입니다. 집 안에서의 상황은 더욱 좋지 않습니다. 그걸 알아보기 위해 집 안으로 들어갈 필요조차 없습니다. 여름이면 열어 놓은 창문에서 싸우는 소리와 접시 깨지는 소리가 귀청을 찢을 듯 요란하게 들려옵니다.

그러나 라이사에서는 늘 창가에 서서, 벽돌공이 떨어뜨린 옥수

수 죽을 받아 먹으려고 지붕 위로 뛰어오르는 강아지를 보고 웃어 대는 어린아이가 있습니다. 벽돌공은 정자 밑에서, 라구[25] 접시를 들고 있는 젊은 선술집 여주인에게 "내 사랑, 당신의 사랑 속에 빠지게 해주오."라고 소리칩니다. 여주인은 양산을 좋은 가격으로 팔아서 들떠 있는 우산 장수에게 그가 주문한 요리를 줍니다. 한 귀부인이 그 하얀 레이스 양산을 사서 경마장에 뽐내고 들고 갔는데, 그녀와 사랑에 빠진 한 장교가 경마에서 장애물을 뛰어넘으며 그녀에게 미소를 지어 주었습니다. 장교는 행복에 겨워하지만, 장애물 위로 뛰어오르며, 자유롭게 하늘을 나는 행복한 자고새를 본 장교의 말은 그보다 더 행복합니다. 그 새는 빨간색과 노란색 무늬가 있는 자고새의 깃털 하나하나를 철학자의 책 속에 세밀화로 그려 넣을 수 있어 행복했던 화가의 새장에서 나온 행복한 새입니다. 철학자는 그 책에서 이렇게 말합니다.

"슬픔의 도시 라이사에도, 살아 있는 존재와 다른 존재를 잠시 하나로 묶어 주는 눈에 보이지 않는 끈이 있다. 그 끈은 곧 풀어졌다가 다시 움직이는 점들 사이로 뻗어나가면서 새롭고도 신속하게 형태를 그려 낸다. 그렇게 해서 불행한 도시는 매 순간 결코 존재하지 않는 행복한 도시를 포용한다."

25 스튜 요리의 일종.

도시와 하늘 5

안드리아는 모든 길이 행성의 궤도를 따르고, 건물과 공동 생활의 장소들은 별자리의 질서와 가장 밝은 별들인 안타레스[26], 알페라츠[27], 염소자리, 케페우스 자리 같은 위치를 따르도록 인위적으로 건설되었습니다. 도시의 달력에 표시된 일과 직무와 의식은 그 날짜의 천체도와 상응하도록 배치되어 있습니다. 그렇게 해서 땅의 낮과 하늘의 밤은 서로를 반영합니다.

세밀한 규제를 통해서이기는 하지만 도시의 삶은 천체의 움직임처럼 소리 없이 흘러가며 인간의 변덕에 종속되지 않는 필연적인 현상들을 획득합니다. 저는 안드리아 주민들의 풍요로운 생산품과 편안한 정신 상태를 이렇게 칭송합니다.

---

26 전갈자리의 알파 별로, 직경이 태양의 약 230배이다.

27 안드로메다 자리의 알파 별. 페가수스 자리의 델타 별.

"당신들이 스스로를 불변하는 하늘의 일부로, 세밀한 시계 장치의 톱니바퀴로 생각하며, 당신들의 도시에 그리고 당신들의 관습에 되도록 변화를 가져오지 않으려고 얼마나 노심초사하는지 잘 알겠습니다. 안드리아는 시간의 흐름 속에서 꼼짝 않고 있기에 적합한, 제가 아는 단 하나의 도시입니다."

그들은 놀란 얼굴로 서로를 바라봅니다.

"대체 왜 그렇다고 생각합니까? 누가 그렇게 말할 수 있단 말입니까?"

그리고 그들은 나를 최근 대나무 숲 위에 만든 공중 거리, 시립 개 사육장 자리에 세운 그림자 극장으로 안내합니다. 이제 사육장은, 예전에는 나병 환자 병원이었다가 최근에 페스트 환자들을 치료했었고, 나중에 환자들이 모두 회복된 뒤 폐쇄돼 버린 병원 자리로 옮겨졌습니다. 그리고 이제 막 개통한 선착장, 탈레스 상, 터보건[28] 활강장을 방문합니다.

"이런 혁신이 도시가 따르는 천체의 리듬을 깨는 것은 아닙니까?"

제가 물었습니다.

"우리의 도시와 하늘은 완벽하게 일치해서 안드리아의 모든 변화에 따라 별들도 다소 새로워집니다."

그들이 대답했습니다.

천문학자들은 안드리아에 변화가 생길 때마다 망원경으로 하늘을 자세히 관찰하며 신성이 폭발했다거나 멀리 떨어진 하늘의 한 외딴 지점이 오렌지색에서 노란색으로 변했다거나 성운이 확장한다거

---

28 눈 위를 활강하는 스포츠용 목제 썰매.

나 은하수가 나선형으로 구부러졌다는 보고를 합니다. 모든 변화는 다른 일련의 변화들을 수반합니다. 안드리아에서도 마찬가지입니다. 그러므로 도시와 하늘은 결코 늘 똑같은 상태일 수 없는 것입니다.

안드리아 주민들의 성격 중 기억할 만한 장점이 두 가지 있습니다. 자신감과 신중함입니다. 그들은 도시에서의 모든 혁신이 하늘의 형태에 영향을 미친다고 확신하며 모든 결정을 하기 전에 그 결정이 그들에게 그리고 도시와 세계 전체에 초래할 위험과 이득이 무엇인지를 계산합니다.

지속되는 도시들 4

폐하께서는 제가 도시와 도시 사이에 펼쳐지는 공간에 대해서는 이야기하지 않은 채 도시 한가운데로만 폐하를 이끌었다고 저를 나무라셨습니다. 비록 그 공간이 바다나 호밀 밭, 낙엽송 숲, 늪지로 덮여 있다 해도 말입니다. 이제 이 이야기로 대답을 드리겠습니다.

유명한 도시, 체칠리아의 거리에서 한번은 염소지기를 만났습니다. 그는 벽에 바짝 달라붙어 딸랑딸랑 종을 울리며 염소를 몰고 있었습니다.

염소지기가 걸음을 멈추고 제게 물었습니다.

“하늘의 축복을 받으신 분이시여, 우리가 있는 이 도시 이름을 말씀해 주실 수 있겠습니까?”

제가 소리쳤습니다.

“신의 가호가 있기를! 체칠리아같이 유명한 도시를 어떻게 모르실 수 있습니까?”

남자가 대답했습니다.

"저를 불쌍히 여겨 주십시오. 저는 떠돌이 목동입니다. 저와 가축들이 가끔 도시를 지나긴 하지만, 도시들을 하나하나 구별할 줄은 모릅니다. 대신 목초지 이름을 물어 주십시오. 절벽 사이의 목초지, 초록 비탈, 그늘 속의 목초지 등, 목초지라면 다 알고 있습니다. 제게 도시들은 이름이 없습니다. 도시는 목초지와 목초지를 갈라 놓는 나뭇잎들이 없는 장소입니다. 염소들은 도시의 교차로에서 깜짝 놀라 뿔뿔이 흩어져 버립니다. 그러면 저와 개는 가축들을 모으기 위해서 뒤쫓아 달려갑니다."

제가 말했습니다.

"당신과 반대로, 저는 도시밖에 모릅니다. 그래서 도시 밖의 것은 구별할 수가 없습니다. 사람이 살지 않는 곳의 바위와 풀들은, 내 눈에는 다른 돌들이나 풀들과 다를 것이 없이 뒤섞여 있습니다."

그때로부터 여러 해가 지났습니다. 저는 다시 많은 도시들을 알게 되었고, 여러 대륙을 지나갔습니다. 어느 날 똑같이 생긴 집들 사이로 난 골목을 걷다 길을 잃었습니다. 저는 지나는 행인에게 물었습니다.

"신들이 가호를 베푸시길, 지금 이 도시가 어느 곳인지 말씀해 주시겠습니까?"

남자가 대답했다.

"체칠리아지요, 아닐 리가 없어요! 나와 염소들은 오래전부터 체칠리아의 거리를 걷고 있습니다. 여기서 나갈 수가 없었지요……."

흰 수염이 길게 자랐지만 저는 그를 알아보았습니다. 그는 예전의 그 염소지기였습니다. 몇 마리 되지 않는 털 빠진 염소들이 그의 뒤를 따르고 있었습니다. 염소에게서는 더 이상 악취도 나지 않았고 남은 것은 뼈와 가죽뿐이었습니다. 염소들은 쓰레기통에서 찾아낸 종이를 씹고 있었습니다.

"그럴 리가 없어요!"

제가 소리쳤습니다.

"나 역시 언제부터인지 모르지만 한 도시로 들어가고 나면 그때부터 계속 그 도시의 거리로 깊이 빠져 들어가기만 했어요. 하지만 제가 체칠리아에서 아주 멀리 떨어진 다른 도시에 가 있었다면 제가 어떻게 당신이 말한 이 도시에 다다른 것일까요? 그리고 어떻게 아직도 이 도시에서 나가지 못하고 있는 것일까요?"

염소지기가 말했습니다.

"도시들이 서로 뒤섞였습니다. 체칠리아는 어디에나 있습니다. 여기는 예전에 키 작은 샐비어 목초지였던 게 틀림없습니다. 제 염소들이 교통 안전 지대의 풀들이 거기 풀들임을 알아냈거든요."

숨겨진 도시들 3

마로치아의 운명에 대해 질문을 받은 무녀가 이렇게 말했습니다.

"두 개의 도시가 보인다. 하나는 쥐들의 도시이고 다른 하나는 제비들의 도시이다."

이 신탁은 이렇게 해석되었습니다. 현재의 마로치아는 모든 사람들이, 가장 위협적이고 게걸스러운 쥐의 입에서 떨어지는 음식을 서로 빼앗아 먹으려고 하는 쥐 떼들처럼, 답답한 지하도로 달려가는 도시입니다.

하지만 새로운 세기가 시작되려고 하고, 이 세기에는 마로치아의 모든 사람들이 장난을 치듯 서로를 부르고, 날개를 움직이지 않은 채 멋지게 급강하하고, 공중에서 파리와 모기를 쫓아 버리며 여름 하늘을 나는 제비처럼 되고 싶어 합니다.

"쥐의 세기가 끝나가고 제비들의 세기가 시작되는 때입니다."

사람들이 단호하게 말했습니다.

사실 잔인하고 비열한 쥐들의 지배 아래에서, 자주 모습을 보이지 않던 사람들 속에서 이미 제비들의 도약이 준비되고 있다는 것을 느낄 수 있습니다. 제비들은 꼬리를 날쌔게 움직이며 투명한 공중을 향해 올라가 칼 같은 날개로 드넓은 지평선 위에 곡선을 그립니다.

저는 여러 해가 지난 뒤 마로치아에 다시 가게 되었습니다. 무녀의 예언은 오래전에 실현되었다고들 합니다. 낡은 세기는 묻혀 버렸고 새로운 세대는 정점에 도달해 있었습니다. 물론 도시는 변화했습니다. 아마 더 나아졌을 겁니다. 그렇지만 여기저기서 눈에 띄는 날개들은 수상한 우산같이 생긴 것들이었고 그 밑에서는 무거운 눈꺼풀이 눈을 덮어 버렸습니다. (자신이 날고 있다고 믿는 사람들이 있었지만, 박쥐 같은 외투를 펄럭이며 땅에서 뛰어오르는 게 나는 것이라고 한다면 그렇게 생각해도 될 것입니다.)

그렇기는 하지만 마로치아의 두꺼운 벽 옆을 스치듯 지나가다 보면 폐하께서는 예기치 않은 순간에 틈이 벌어지는 것을 볼 것이고 거기서 다른 도시가 나타났다가 순식간에 사라져 버린다는 것을 알게 될 겁니다. 어쩌면 모든 문제는 어떤 말을 하고 어떤 행동을 하고 어떤 질서와 리듬을 따르느냐에 있을지도 모릅니다. 혹은 누군가의 시선, 대답, 동의만 있으면 그만일 수도 있고, 그저 그렇게 하는 게 기쁘고, 또 자신의 기쁨이 다른 사람의 기쁨이 되기도 하므로 그 일을 하는 것만으로도 그 사람에게는 충분할 수 있습니다. 그러면 그 순간 모든 공간이 변하고 높이와 거리도 변해 도시는 다른 형태가 되고 잠자리 날개처럼 투명하고 맑아집니다. 하지만 이 모든 일은 마치 우연인 것처럼 진행되어야 합니다. 그 일에 그다지 중요성을 부여하지 않은 채, 단호하게 행동해야 한다고 주장하지도 않은 채, 조만간 예전의 마로치아가 다시 돌아와 돌과 거미집과 곰팡이가 뒤범벅된 천장을 더 단단하게 만들어 놓으리라는 사실을 분명히 기억해야 합니다.

신탁이 잘못된 것일까요? 물론 그렇지는 않습니다. 저는 이런 식으로 신탁을 해석했습니다. 마로치아는 두 개의 도시로 이뤄져 있습니다. 하나는 쥐들의 도시이고 하나는 제비들의 도시입니다. 두 도시 모두 시간 속에서 변화하겠지만 그들의 관계는 변하지 않습니다. 두 번째 도시는 첫 번째 도시로부터 자유로워지고 있는 바로 그 도시입니다.

지속되는 도시들 5

펜테실레아에 대해 폐하께 말씀드리려면 도시에 들어가는 방법을 묘사하는 것으로 이야기를 시작해야 합니다. 분명 폐하께서는 먼지로 뒤덮인 평원에 높이 솟아 있는 성벽을 발견하게 되리라고 생각하실 겁니다. 어느새 폐하의 짐을 삐딱한 눈으로 보면서 폐하를 의심의 눈초리로 살피는 세관원의 감시를 받으며 성문에 한 걸음 한 걸음 다가가는 상상을 하실 겁니다. 성문에 도착하실 때까지 폐하는 밖에 있는 겁니다. 아치 길을 지나면 도시 안에 들어갑니다. 견고하고 두꺼운 성벽이 폐하를 에워싸고 있겠지요. 성벽의 돌에 약도가 새겨져 있어 그것을 따라가다 보면 모든 모퉁이가 다 나타나리라고 생각하실 겁니다.

이렇게 생각하신다면 그건 잘못된 것입니다. 펜테실레아에서는 다릅니다. 몇 시간을 앞으로 걸어나가도 폐하께서 도시 안에 있는 건지 아니면 아직도 도시 밖에 있는 건지 분명하지가 않습니다. 가장자리가 낮은 호수가 늪이 되어 사라져 버리듯, 펜테실레아는 평원 속에 넓게 퍼진 스프 도시처럼 주변으로 몇 마일이나 퍼져 나갑니다. 판자로 울타리를 치고 골함석으로 지붕을 얹은 생기 없는 색의 집들은 지저분한 풀밭에서 서로 등을 맞대고 있습니다. 가끔 길가에 볼품없는 건물들이 빼곡히 서 있습니다. 너무 낮거나 높아 이 빠진 빗처럼 들쭉날쭉한 그 건물들은 얼마 있지 않아 도시 구조가 복잡해질 것을 나타내는 듯합니다. 하지만 계속 걸어가다 보면 다시 불분명한 지역에 도착할 것이고 녹슨 공장과 창고들이 늘어선 교외에, 묘지에, 회전목마가 있는 시장에, 도살장에 이를 것이고 초라한 가게들이 늘어선 거리로 들어갈 겁니다. 그 거리는 얼룩처럼 드문드문 잡초가 자라는 들판으로 이어지며 사라집니다.

사람을 만나, "펜테실레아로 가려면 어디로 가야 합니까?" 하고 물어본다면 사람들은 온 사방을 다 가리키는 몸짓을 할 겁니다. 폐하께서는 그게 '여깁니다.' 혹은 '조금 더 가면 돼요.' 또는 '당신 주변이 모두 그곳입니다.' 또는 '반대편으로 가시오.'라는 뜻이라는 것을 알지 못할 것입니다.

"도시 말입니다."

폐하께서 계속 묻습니다.

"우리는 매일 아침 이곳에 일을 하러 옵니다."

이렇게 대답하는 사람도 있을 것이고 또 어떤 사람들은 이렇게 대답할 겁니다.

"우리는 여기에 잠을 자러 돌아왔습니다."

"그럼 사람들이 사는 도시는 어딥니까?"

폐하께서 묻습니다.

"저쪽이 틀림없습니다."

한 팔을 비스듬히 들어 지평선 위의 불투명한 다면체의 집합을 가리키는 사람이 있는 반면 폐하의 등 뒤로 유령같이 뾰족 솟은 다른 첨탑들을 가리키는 사람도 있습니다.

"그럼 나도 모르는 사이에 내가 도시를 지나왔단 말입니까?"

"아니요. 앞으로 좀 더 가 보도록 하세요."

그래서 폐하는 교외 지역들을 차례로 지나며 계속 걸어갑니다. 그러다가 펜테실레아를 떠나야 할 시간이 찾아옵니다. 폐하는 도시에서 나가는 길을 물어봅니다. 우윳빛 물감들이 뿌려진 것처럼 여기저기 길게 흩어져 있는 교외를 다시 지납니다. 밤이 찾아옵니다. 드문드문 보이기도 하고 다닥다닥 붙어 있기도 한 창문들에 불이 환히 켜집니다.

폐하는 펜테실레아가 이와 같이 여기저기 흩어진 주변 지역의 깊숙한 곳이나 가려진 지역에 숨겨져 있어 이미 와 본 적이 있는 사람들이나 알아볼 수 있고 기억할 수 있게 존재하는 건지, 아니면 펜테실레아가 그저 교외 지역으로만 존재할 뿐이어서 어디엔가 그 중심부가 따로 있는 것인지 아닌지를 이해하려는 노력을 포기합니다. 이제 더 고통스러운 의문이 폐하의 머릿속을 갉아먹기 시작합니다. 펜테실레아 밖에는 진짜 다른 외부가 있을까? 이 도시에서 아무리 멀어져도 그건 그저 한 외곽 지역에서 다른 외곽 지역으로 옮겨 가는 것에 불과해서 절대 이 도시를 벗어날 수 없는 것은 아닐까?

숨겨진 도시들 4

도시의 역사가 시작된 이래 끊임없는 침략이 테오도라 시를 괴롭혀 왔습니다. 하나의 적을 쫓아내고 나면 곧바로 다른 적이 힘을 되찾아 살아남은 주민들을 공격했습니다. 하늘에서 콘도르가 사라지면 번식한 뱀들과 대결해야만 했습니다. 거미를 박멸하고 나면 파리가 시커멓게 떼로 번져 나갔습니다. 흰개미에게 승리를 거두고 난 뒤 도시는 나무좀의 손에 넘어갔습니다. 도시와 양립할 수 없는 온갖 종류의 동물들이 차례로 굴복하여 멸종되어 갔습니다. 비늘과 껍질들을 찢어 버리고 겉 날개와 깃털들을 뽑아 버림으로써 사람들은 테오도라에 오직 인간들만의 도시라는 이미지를 부여했습니다.

하지만 처음에는 아주 오랜 기간 도시를 차지하기 위해 인간과 경쟁했던 마지막 동물인 쥐들에게서 최종적인 승리를 거둘 수 있을지 확신할 수 없었습니다. 각 세대의 쥐들이 인간들에 의해 멸종되었지만 그때마다 살아남은 몇 마리가 더욱 전투적이고 쥐덫에도 끄떡

없으며 쥐약에도 내성이 생긴 새끼들을 낳았습니다. 불과 몇 주 사이에 테오도라의 지하에는 다시 번식한 쥐 떼들이 넘쳐났습니다. 여하튼 결국 다용도의 잔인한 장치를 이용한 치명적인 대량 학살로 인간들은 적들의 질긴 숨통을 끊을 수 있었습니다.

동물 왕국의 거대한 묘지인 도시는 마지막 벼룩과 마지막 세균들과 함께 묻힌 마지막 동물 시체들 위에서 무균 상태로 폐쇄되었습니다. 마침내 인간은 스스로 전복한 세계의 질서를 재정립했습니다. 그 질서에 의심을 품을 만한 생물은 전혀 존재하지 않았습니다. 동물들의 도시였던 시절을 기억하기 위해 테오도라의 도서관은 뷔퐁[29]과 린네[30]의 책들을 서가에 보관할 것입니다.

그렇게 해서 테오도라의 주민들은 적어도, 잊힌 동물들이 긴 잠에서 다시 깨어나고 있다는 가정은 자신들과는 동떨어진 것이라고 생각했습니다. 이제는 멸종한 종족 체계에 의해 추방당한 뒤 오랫동안 외딴 은신처에 몸을 숨기고 있던 또 다른 동물들이, 초판본 서적이 보관되어 있는 도서관의 지하에서 다시 빛을 보게 되었습니다. 동물들은 주두에서, 하수구에서 튀어나와 잠든 사람의 머리맡에 웅크리고 앉았습니다. 스핑크스, 그리핀[31], 키메라, 큰 뱀, 하르피이아[32], 히드라, 유니콘, 코카트리케[33]들이 자기 도시의 소유권을 되찾아 가고 있었습니다.

---

29 Georges Louis Leclerc de Buffon(1707~1788): 프랑스의 철학자, 박물학자.
30 Carl von Linné(1707~1778): 스위스의 식물학자.
31 머리, 앞발, 날개는 독수리이고, 몸통, 뒷발은 사자인 상상의 동물.
32 그리스 로마 신화에 나오는 전설적인 새.
33 그리스 로마 시대 전설에 나오는 작은 뱀.

숨겨진 도시들 5

트리글리프[34], 관석(冠石), 메토프[35], 고기 가는 기계의 톱니바퀴들로 장식된 부정한 도시 베레니케에 대해 말씀드리기보다는 (먼지를 닦는 남자들이 난간 위로 턱을 들고 로비, 계단, 신전들을 바라볼 때면 그들은 더욱더 자신들이 갇혀 있는 것 같은 생각이 들고 키가 더 작아지는 듯한 기분을 느낍니다.) 정직한 사람들의 도시인 숨겨진 베레니케를 말씀드리는 게 좋을 것 같습니다. 숨겨진 베레니케의 사람들은 가게 뒤나 계단 아래 그늘 속에 있는 임시 변통할 수 있는 물건들을 이용해서 철사와 파이프와 도르래와 피스톤과 평형추 들의 망을 연결하는데 그 망은 커다란 톱니바퀴 사이를 타고 오르는 덩굴 식물처럼 서로 스며듭니다. (이 망들이 뒤얽히면 조용하게 똑딱거리는 소리가, 정확히 새로운

34 도리스식 건축에서 세 줄기 세로 홈으로 되어 있는 돌출된 사각형 부재.

35 도리스식 건축에서 트리글리프 사이의 간격

메커니즘이 도시를 지배할 것임을 알립니다.) 저는 부정한 베레니케의 온천장을 폐하께 소개하지 않을 겁니다. 부정한 베레니케의 사람들은 온천장의 향기 나는 욕조 가장자리에 누워 화려한 달변으로 자신들의 음모를 계획하고, 목욕하고 있는 첩들의 싱싱하고 통통한 몸을 주인의 시선으로 바라봅니다. 대신, 밀고자들의 고발과 경찰들의 단속을 피하기 위해 항상 신중하게 행동하는 정직한 사람들이 서로를 어떻게 알아보는지 말씀드리겠습니다. 이들은 특히 말과 말 사이를 끊고 여백을 주는 말투를 통해 상대를 확인합니다. 또한 복잡하고 어두운 정신 상태를 배제하면서 금욕적이면서 순수하게 지켜오는 습관들을 통해, 그리고 황금시대를 떠오르게 하는, 간소하지만 맛있는 요리, 쌀과 샐러리로 만든 수프, 삶은 잠두콩, 튀긴 호박꽃 같은 요리로 서로를 알아보기도 합니다.

이러한 자료들을 통해 미래의 베레니케를 유추해 볼 수 있습니다. 미래의 베레니케는 오늘날 볼 수 있는 도시에 대한 그 어떤 정보보다도 더 폐하를 진실에 가까이 데려갈 겁니다. 그렇지만 지금부터 제가 드리는 말씀에 계속 주의를 기울이셔야 합니다. 정직한 사람들의 도시의 싹 속에는 사악한 씨앗이 숨겨져 있습니다. 자신들이 정직하다는 (그리고 가장 정직하다고들 하는 다른 어떤 사람들보다도 더 정직하다는) 확신과 자만심이 분노와 적대심과 복수심으로 끓어오르고 부정한 사람들에 대한 당연한 복수심이 그들의 자리를 차지하고 그들과 똑같이 하고 싶은 광적인 바람으로 물듭니다. 처음의 것과는 다르지만 어쨌든 부정한 또 다른 도시가, 그러니까 부정하면서도 정직한 베레니케라는 이중의 껍질 속에서 자신의 공간을 마련해 가고 있는 것입니다.

이렇게 말했지만 저는 폐하의 시선이 기형적인 이미지를 포착하길 원치 않기 때문에, 비밀스러운 정직한 도시 속에서 은밀하게 싹트고 있는 부당한 도시의 본질적인 특징 쪽으로 폐하의 관심을 돌려야 합니다. 그렇게 하면 아직은 규율에 종속되어 있지 않고, 부당함의 용기(用器)가 되기 전보다 훨씬 더 정직한 도시를 재구성할 수 있는, 정직함에 대한 잠재적인 사랑이 눈을 뜰 수 있습니다. 마치 기분 좋게 창문을 열 때처럼 말입니다. 하지만 이런 정직함의 새싹을 다시 한 번 속속들이 찬찬히 살펴보면 부정한 것을 통해 정직한 것을 부여하는 경향이 점점 커지듯이 희미한 얼룩이 차츰 퍼져 나가는 것을 발견할 수 있을 겁니다. 그리고 어쩌면 이 조그만 얼룩이 거대한 대도시의 기원일지도 모릅니다…….

제 이야기를 통해 폐하께서는 진정한 베레니케는 서로 다른 도시들이 시간 속에서 연달아, 즉 정직한 도시와 부정한 도시가 교대로 이어지는 것이라는 결론을 끌어낼 수 있으실 겁니다. 그러나 제가 알려 드리고 싶은 것은 다른 것입니다. 미래의 모든 베레니케는 이미 이 순간에, 서로가 서로에게 감싸여 밀접하게 서로를 압박하며 서로에게서 벗어날 수 없는 상태로 존재하고 있다는 겁니다.

칸의 지도책에는 머릿속에서는 이미 방문했지만, 실제로는아직 발견되지 않았거나 건설되지 않은 '약속의 땅'들의 지도도 포함되어 있었다. 뉴아틀란티스, 유토피아, 태양의 도시, 오세아나, 타모에, 뉴하모니, 뉴래너크, 이카리아[36] 같은 도시들이 그것이었다.

마르코에게 쿠빌라이가 물었다.

"자네는 주위를 여행했고 그 흔적들을 보았을 테니, 순풍이 이러한 미래의 도시 중 어느 곳으로 우리를 이끌어 갈지 말해 줄 수 있을 테지."

"저는 이러한 항구들로 가는 길을 지도 위에 그릴 수도 상륙할 날짜를 정할 수도 없습니다. 거기에서 출발해서 나머지 것들과 뒤섞인 단편들, 사이를 두고 떨어져 있는 순간들, 누군가 보내지만 그걸

36 나열된 지명은 모두 이상향이자 도시의 본보기로 언급되는 이름들이다.

받는 사람은 알아차리지 못하는 신호들로 이루어진 완벽한 도시를 한 조각 한 조각 맞춰 나갈 것이라는 생각을 하기 위해서는, 이따금 부적절한 풍경의 한가운데로 나 있는 지름길, 안개 속에서 반짝이는 햇빛, 오가다 만난 두 나그네의 대화면 충분합니다. 제가 여행하려는 도시가 공간과 시간 속에서 불연속적이고 여기저기 흩어져 있을 때도 있고 한데 모여 있을 때도 있다고 폐하께 말씀드린다 해도, 사람들이 그런 도시를 찾는 일을 중단해야 한다고 생각하셔서는 안 됩니다. 지금 우리가 이렇게 대화를 나누고 있는 사이에도 도시는 폐하 제국의 국경 내 여기저기에서 생겨나고 있습니다. 폐하는 그런 도시를 추적하실 수 있지만 제가 말씀드린 방법대로만 하셔야 합니다."

칸은 이미 악몽과 저주 속에서 위협을 가하는 에녹, 바빌로니아, 야후의 나라, 부투아, 브레이브 뉴 월드(Brave New World)[37] 같은 도시들의 지도를 넘기고 있었다.

칸이 말한다.

"최후의 상륙지가 지옥의 도시일 수밖에 없다면 모든 게 부질없는 짓이지. 바로 그곳에서 강물이 나선형으로 점점 더 좁게 소용돌이치며 우리를 빨아들이고 말 테니."

그러자 폴로가 대답한다.

"살아 있는 사람들의 지옥은 미래의 어떤 것이 아니라 이미 이곳에 있는 것입니다. 우리는 날마다 지옥에서 살고 있고 함께 지옥을 만들어 가고 있습니다. 지옥을 벗어날 수 있는 방법은 두 가지입니다. 첫 번째 방법은 많은 사람들이 쉽게 할 수 있습니다. 그것은 바로, 지

37 가장 부정적인 세계, 역(逆)유토피아들로 언급되는 이름들이다.

옥을 받아들이고 그 지옥이 더 이상 보이지 않을 정도로 그것의 일부분이 되는 것입니다. 두 번째 방법은 위험하고 주의를 기울이며 계속 배워 나가야 하는 것입니다. 그것은 즉 지옥의 한가운데서 지옥 속에 살지 않는 사람과 지옥이 아닌 것을 찾아내려 하고 그것을 구별해 내어 지속시키고 그것들에게 공간을 부여하는 것입니다."

작품 해설

이탈로 칼비노가 그리는 '보이지 않는 도시들'은 현실에서 볼 수 있는 도시가 아니라 환상적인 가상의 도시들이다. 마르코 폴로가 중국의 황제 쿠빌라이 칸에게 자신이 방문했던 도시들의 이야기를 들려주는 형식으로 된 이 책은 총 아홉 개의 부로 이루어져 있다. 칸과 마르코 폴로의 대화 열여덟 개가 각 부의 앞과 뒤에서 마치 액자처럼 도시의 이야기를 감싸고 있으며, 각 부마다 다섯 개의 도시가 묘사되고 1부와 9부에는 열 개의 이야기가 담겨 있어 모두 55개의 도시가 다루어지고 있다. 그 도시들은 '기억', '욕망', '기호', '교환', '눈', '이름', '죽은 자', '하늘' 같은 명사와 '섬세한', '지속되는', '숨겨진' 같은 형용사로 이루어진 제목과 함께 번호가 매겨져 번갈아 가며 등장한다. 이렇게 『보이지 않는 도시들』은 기하학적이고 대칭적인 구조를 엄격하고 일관되게 유지하고 있다. 각 부의 앞과 뒤에 등장하는 마르코 폴로와 쿠빌라이 칸의 대화는 바로 그 부에서 다루는 도시들에 대한 설명으로, 의미를 파악하기 위한 실마리를 제공한다.

텍스트의 외적 구조는 이와 같이 엄격한 체계에 따라 계획되었지만 텍스트의 내부는 다양한 의미를 생산할 수 있는 열린 공간으로 존재한다. 칼비노는 "책은 시작과 끝이 있는 무엇인가이며 (그것이 엄밀한 의미의 소설이 아니더라도) 독자가 들어가서 이리저리 돌아다니고, 심지어 길을 잃기도 하다가 어느 순간 하나의 출구를, 혹은 여러 개의 출구를 찾는, 밖으로 나갈 수 있는 길을 만들 가능성을 찾는 공간"이라고 말하면서 독자가 자신의 텍스트로부터 다양한 의미를 도출해 낼 수 있기를 원한다. 즉 독자는 작가로부터 의미를 전달 받기만 하는 것이 아니라 독서를 통해 작가와 함께 새로운 텍스트를 만들어 나갈 수 있는 것이다.

『보이지 않는 도시들』의 도시들은 비연속적인 시공간 속에 존재한다. 그리고 도시를 묘사한 짧은 텍스트 하나하나가 연속적으로 다른 텍스트들에 근접해 있는 다면적인 구조를 구축하고 있다. 그러나 이 도시들의 연속성은 논리적 귀결이나 위계질서를 내포하는 것이 아니라, 다양한 노선을 추적하고 다양하고 갈래 진 결론들을 끌어낼 수 있는 그물망을 의미한다. 이 그물망 속에서 독자는 하나가 아닌 여러 갈래의 길들을 따라 여행할 수 있으며 다양한 결론에 도달할 수 있다. 즉 독자가 어떤 기호, 정보, 메시지, 암호들을 어떻게 '조합'하느냐에 따라 전혀 다른 의미가 생산되는 것이다.

칼비노는 도시에 대해 이렇게 말한다.

도시는 기억, 욕망, 기호 등 수많은 것들의 총체이다. 도시는 경제학 서적에서 설명하듯 교환의 장소이다. 하지만 이때 교환의 대상이 되는 것은 물질적인 것만이 아니다. 언어, 욕망, 추억들도 교환될 수가 있다. 내 책의 이야기들은 계속 형태를 취했다가 사라지는, 불행한 도시 속에 숨어 있는 행복한 도시들의 이미지 위에서 펼쳐진다.

도시에 관한 칼비노의 이와 같은 성찰과 경험과 가정을 모두 담은 『보이지 않는 도시들』에는 과거와 현재와 미래의 도시들이 투영되어 있다.

칼비노는 자신이 도시에서 찾아내고 싶었던 이미지와 특성을 실제 존재하지 않는 가상의 도시와 주민을 통해 그려내면서 현대 도시의 결함을 보여 주기도 한다. 마르코 폴로와 쿠빌라이 칸의 대화 속에만 존재하는 도시들은 현실에서는 존재할 수 없는 환상적인 도시들이지만 도시가 근원적으로 지녀야 할 가치를 제시하고 있다. 『보이지 않는 도시들』에 등장하는 긍정적인 이미지의 도시들은 공간 및 그 도시 주민과 조화를 이루며 존재하지만, 부정적인 이미지의 도시는 끊임없는 모순 그리고 환경과의 부조화를 드러낸다. 끝없이 팽창하고 반복되고 재생되는 거대한 도시들(트루데, 레오니아, 체칠리아)은 기형적으로 팽창해 나가서 자연의 공간마저 잠식해 버리고 그 안에 사는 구성원을 빈곤하게 만드는 현대 도시를 상징적으로 보여 준다. 그렇다면 미래의 도시는 완벽하게 이상적으로 건설될 수 있는 것일까? 칼비노는 부정적인 현재의 도시에서도 긍정적인 요소를 찾아낼 수 있듯이, 완벽을 지향하는 미래의 도시에서도 불행의 존재는 필수적이라고 말한다. 그러므로 칼비노가 추구하는 유토피아는 행복과 질서와 더불어 불행과 무질서가 공존하는 곳이다. 즉 도시는 선과 악이 얽혀 있고 질서와 혼돈이 공존하는 공간인 것이다.

이 세상을 상징적으로 보여 주는 쿠빌라이 칸의 제국은 현대 세계처럼 사람과 도시로 밀집되어 있고 계급화되어 있으며 물질이 인간의 삶을 지배하는 혼돈의 제국이다. 쿠빌라이는 제국이 자체의 무게 때문에 질식해 가고 있다는 것을 느끼며 연처럼 가벼운 도시를 꿈

꾼다. 현실의 무게를 벗어난 가벼운 도시는 칼비노가 원하는 또 다른 유토피아이다.

미래의 도시 역시 현재와 같다면, 삶의 무게에 짓눌린 이 지옥을 벗어나는 방법은 무엇일까? 칼비노는 지옥을 벗어나는 방법은 두 가지라고 말한다. 하나는 지옥을 받아들여서, 우리가 사는 곳이 지옥이라고 느끼지 않는 것이고, 다른 하나는 지옥이 아닌 것을 찾아내서 거기에 공간을 부여하고 그것의 성질을 지속시키는 것이다. 이것이 바로 유토피아를 찾는 칼비노 식의 방법이다. 칼비노에게 유토피아는 이곳이 아닌 다른 어느 곳에 존재하는 게 아니다. 유토피아는 바로 현실 속에 자리 잡고 있으며 우리가 할 일은 그것을 찾아내는 것이다. 평생 환상적 글쓰기를 지향했던 칼비노가 추구한 것도 바로 이것이었다. 그에게 환상은 현실을 더 잘 파악하고 삶의 무게를 덜어내 가벼워지기 위한 하나의 수단이었다. 이를 위해 그는 처음 작품 활동을 시작했을 때에는 우화적 환상성이 두드러진 작품들을 발표했고, 1970년대부터 1985년 세상을 뜨기 전까지는 실험성이 짙은 환상소설들을 발표했다.

칼비노는 다른 그 어떤 작품에서보다 『보이지 않는 도시들』에서 자신이 하고 싶은 말을 많이 했다고 밝혔다. 도시는 기하학적 합리성과 인간 존재의 뒤얽힘 사이의 긴장을 표현할 수 있는 보다 큰 가능성을 부여해 주는 상징이기 때문이었다. 칼비노는 이 책을 쓰던 때를 이렇게 기억한다.

> 나는 이 책을 한 번에 몇 줄 씩, 마치 시를 쓰듯 여러 가지 영감에 따라 썼다. 어떨 때는 슬픈 도시들만이, 어떨 때는 행복한 도시들만이 머리

에 떠올랐다. 하늘에 뜬 별과 황도 십이궁을 도시와 비교해 보는 시기도 있었고 매일 자신의 공간을 넓혀가는 도시의 쓰레기들을 이야기해야겠다고생각한 시기도 있었다. 이 책은 내 기분과 사색에 따라 조금씩 기록해 가는 일기 같은 것이 되었다.

이런 식으로, 칼비노는 이제까지 작품의 배경으로만 등장했던 도시들을 주인공으로 삼았고, 도시를 인간이 살아가야 할 공간으로 상정하면서 도시를 바라보는 데 방해가 되는 모든 요소를 제거하고 해체해서 도시를 본질적인 요소들로 축소할 수 있었다. 그렇게 함으로써 그는 우리에게 도시를 새롭게 바라볼 수 있는 또 다른 방법을 제시한 것이다.

2016년 2월

이현경

작가 연보

1923년 10월 15일 쿠바의 산티아고데라스베가스에서 출생. 아버지 마리오 칼비노는 이탈리아 북부 산레모의 유서 깊은 가문 출신 농학자로 멕시코에서 이십 년을 보낸 뒤 쿠바에서 농학 연구소와 농업 학교를 맡아 운영. 결혼 당시 어머니 에벨리나 마멜리는 사사리 출신으로 자연과학부를 졸업한 뒤 파비아 대학교에서 식물학 조교로 재직.

1925년 가족 모두 고향인 산레모로 돌아옴. 아버지가 화훼 연구소인 '오라치오 라이몬도'의 소장이 됨. 은행 도산으로 연구 자금을 잃은 뒤 활동을 계속하기 위해 자신의 저택 '라 메리디아나'의 정원을 사용. 이 연구 활동을 통해 수많은 화초를 산레모에 소개.

1927년 동생 플로리아노 출생. 플로리아노는 후에 집안의 과학적 전통을 따라 지질학자가 됨. 칼비노는 부모의 뜻대로 종교 교육을 전혀 받지 않고 자라남. 카시니 중고등학교 시절부터 시를 쓰고 풍자적인 그림과 자화상을 그리기 시작. 학창 시절 칼비노는 까다로운 편이었지만 친구들 사이에서 논쟁이 벌어질 때마다 재미있는 해석을 곁들이며 논쟁에 끼어듦.

1941년 토리노 대학교 농학부에 입학. 단편 몇 편을 쓰지만 출판되지는 않음. 발표되지 않은 단편 가운데 네 편(「가치에 대한 논의들」, 「행복한 사람」, 「자신을 믿지 않는 게 좋다」, 「노새를 탄 재판관」)은 칼비노 사후 1주기 때 고등학교 동창 에우제니오 스칼파리가 일간지《라 레푸블리카》에 발표.

1943년 무솔리니가 이끄는 이탈리아 사회 공화국 군대에 징집되지 않으려고 동생과 함께 알프스로 피신. 그 후 공산주의자 부대 '가리발디'의 제2공격대에 자원.(『거미집으로 가는 오솔길』, 『까마귀는 마지막에 온다』라는 유격대 소설에서 이때의 경험을 찾아볼 수 있음. 특히 「피와 똑같은 것」은 독일군에게 인질로 잡힌 어머니 이야기를 다룸.)

1945년 해방 후《우리들의 투쟁》,《민주주의의 목소리》,《일 가리발디노》에서 저널리스트로 활동. 이탈리아 공산당에 가입해 산레모와 토리노에서 당원으로 활동. 9월 토리노 대학교 문학부에 재등록.《폴리테크니코》,《아레투사》,《루니타》에 기고. 에이나우디 출판사 편집부에 근무하던 파베세, 비토리니, 펠리체 발보 등과 교제. 「지뢰밭」으로 '루니타' 상 수상.

1947년 조셉 콘래드에 관한 논문으로 졸업. 몬다도리 출판사의 공모에 참가하기 위해 썼던 『거미집으로 가는 오솔길(Il sentiero dei nidi di ragno)』 출간. '리치오네' 상 수상.

1948년 다음 해까지 에이나우디 출판사 재직. 공산당 일간지《루니타》의 편집자가 됨. 공산당원이자 저널리스트로 활동.

1949년 『까마귀는 마지막에 온다(Ultimo viene il corvo)』 출간.

1951년 파베세의 책 『미국 문학과 논문들』의 서문 집필. 아버지 사망. 어머니가 화훼 연구소의 책임을 맡아 1959년까지 운영.

1952년 비토리니가 첫 소설의 '리얼리즘적-사회 참여적-피카레스크적' 노선을 계속하기보다는 동화 작가의 영감을 따르라고 충고. 『반쪼가리 자작(Il visconte dimezzato)』 출간. 소련 여행. 바사니가 주관하는 잡지 《보테게 오스쿠레》에 「아르헨티나 개미」 발표. 《루니타》에 「마르코발도」 연재 시작.

1954년 『참전(L'entrata in guerra)』 출간. 좌익 지식인들이 주관하는 《치타 아페르타》에 기고 시작.

1956년 이탈리아 각 지방에 전해 내려오는 이야기를 모아 『이탈리아 민담(Fiabe italiane)』 출간.

1957년 《치타 아페르타》에 「나무 위의 남작」 발표. 《보테게 오스쿠레》에 「건축 투기」 발표. 8월 공산당을 탈퇴하고 신좌익 사회주의자들과의 논쟁에 참여.

1950년 1월부터 1951년 7월에 걸쳐 써 놓았던 「포 강의 젊은이들」을 1957년 1월부터 1958년 3월에 걸쳐 《오피치나》에 연재.

1958년 「스모그 구름」 발표. 『단편들(I racconti)』 출판. 세르지오 리베로비치의 곡에 '독수리는 어디로 날아가는가'라는 제목의 가사를 붙임.

1959년 『존재하지 않는 기사(Il cavaliere inesistente)』 출간. 「다리 저편에」, 「세상의 주인」이라는 칸초네 작사. 루치아노 베리오의 음악을 위해 희극 「자 어서」 집필.

1960년까지 미국과 소련 여행. 두 나라의 지리적, 역사적 중요성을 강조하면서 문화를 비교하는 글을《루니타》에 기고. '우리의 선조들(I nostri antenati)' 3부작 출간.
1967년까지 비토리니와 함께《일 메나보 디 레테라투라》발행. 이 잡지에「객관성의 바다」(1959),「미궁에의 도전」(1962),「노동자의 안티테제」(1967) 발표.

1963년 세르지오 토파노의 그림을 넣어『마르코발도 혹은 도시의 사계절(Marcovaldo; ovvero, le stagioni in città)』출간. 프랑스에서 체류. 『어느 선거 참관인의 하루(La giornata d'uno scrutatore)』출간.

1964년 '키키타'라는 애칭으로 불리는 통역사이자 번역가인 에스터 싱어와 결혼하여 파리에 정착. 프랑스 아방가르드 예술가들과 교류하고 과학과 문학 사이의 가설에 관한 자신의 이론을 그들의 이론과 비교해 봄.《카페》에『우주만화(Le cosmicomiche)』중 네 편 발표.

1965년 딸 아비가일 탄생.「우주만화」와 함께「스모그」,「아르헨티나 개미」를 단행본으로 출간.

1967년 레몽 크노의『푸른 꽃』번역 출간.

1968년 밀라노 출판 클럽에서『세상에 대한 기억과 우주 만화적인 다른 이야기들(La memoria del mondo e altre storie cosmicomiche)』출간.《누오바 코렌테》에 논문「조합 과정으로서의 소설에 대한 메모들」발표.

1969년『교차된 운명의 성(Il castello dei destini incrociati)』출간.

1970년『힘겨운 사랑(Gli amori difficili)』출간.「이탈로 칼비노가 들려주는 루도비코 아리오스토의 광란의 오를란도」집필. 그림 형제의『동화들』소개.

1971년 란차의 『시칠리아의 무언극들』 소개. 샤를 푸리에의 『네 가지 운동 이론』, 『새로운 사랑의 세계』 번역.

1972년 『보이지 않는 도시들(Le città invisibili)』 출판. 《카페》에 「흡혈귀의 왕국」 발표.

1973년 『교차된 운명의 성』 재출간.(결론 부분을 수정하고 「교차된 운명의 선술집」 수록.) 『보이지 않는 도시들』로 '펠트리넬리' 상 수상.

1974년 「게 왕자와 다른 이탈리아 민담들」 발표. 영화감독 페데리코 펠리니를 위해 『한 관객의 자서전(Autobiog rafia di uno spettatore)』 집필. 잠바티스타 바실레를 위해 논문 「메타포의 지도」 집필.

1975년 일간지 《코리에레 델라 세라》에 「팔로마르」를 발표하기 시작. 「피에르 파올로 파솔리니에게 보내는 마지막 편지」를 같은 신문에 발표.

1976년 독일 '슈타트프라이스' 수상.

1978년 스피나촐라가 편집하는 《푸블리코 1978》에 「1978년과 문학, 네 작가에게 보내는 다섯 가지 질문」 발표.

1979년 『어느 겨울밤 한 여행자가(Se una notte d'inverno un viaggiatore)』 출간. 여러 신문에 여행기 기고. 「나도 한때 스탈린주의자였나?」라는 글을 《라 레푸블리카》에 기고하기 시작.

1980년 가족과 함께 파리에서 로마로 이주. 칼비노는 이전부터 에이나우디 로마 지사의 자문 역할을 해 왔음.

1981년 어린이를 위한 『숲-뿌리-미궁』 집필. 프랑스의 레지옹 도뇌르 훈장 받음.

1982년 베리오와 함께 2막으로 된 오페라 「진실된 이야기」를 라 스칼라 극장에 올림.

1983년 『팔로마르(Palomar)』 출간. 「오디세이 속의 오디세우스들」, 「나일 강을 거슬러 올라가다」, 「신화, 동화, 알레고리」 발표.

1984년 가르찬티 출판사로 옮겨 『모래 수집(Collezione di sabbia)』 출간. 베리오와 함께 「이야기를 듣는 왕」을 잘츠부르크에서 공연. 피렌체에서 '현실의 차원들'이라는 주제로 열린 세미나에서 「문학과 다양한 차원의 현실들」 발표.

1985년 카스틸리오네델페스카이아에서 뇌일혈로 쓰러짐. 9월 6일 시에나의 산타마리아델라스칼라 병원에 입원. 같은 달 18일과 19일 사이에 사망.

1988년 미완성 유고 『미국 강의(Lezioni americane)』, 『민담에 대하여(Sulla fiaba)』 출간.

1991년 『왜 고전을 읽는가(Perché leggere i classici)』 출간.

옮긴이 **이현경**

한국외국어대학교 이탈리아어과를 졸업하고 동 대학원에서 이탈로 칼비노 연구로 비교문학과 박사 학위를 받았다. 현재 한국외국어대학교 이탈리아어 통번역학과에서 학생들을 가르치고 있다. 이탈리아 대사관에서 주관하는 제1회 번역 문학상과 이탈리아 정부에서 수여하는 국가 번역 문학상을 수상했다. 옮긴 책으로 이탈로 칼비노의 『거미집으로 가는 오솔길』, 『반쪼가리 자작』, 『나무 위의 남작』, 『존재하지 않는 기사』, 『우주만화』, 『보이지 않는 도시들』 외에 『이것이 인간인가』, 『침묵의 음악』, 『바우돌리노』, 『권태』, 『단테의 모자이크 살인』, 『미의 역사』, 『애석하지만 출판할 수 없습니다』 등이 있다.

이탈로 칼비노 전집
09

보이지 않는 도시들

1판 1쇄 펴냄 2016년 2월 29일
1판 5쇄 펴냄 2022년 3월 21일

지은이 이탈로 칼비노
옮긴이 이현경
발행인 박근섭 · 박상준
펴낸곳 (주)민음사

출판등록 1966. 5. 19. 제16-490호
주소 (우편번호 06027) 서울특별시 강남구
도산대로1길 62(신사동) 강남출판문화센터 5층
대표전화 02-515-2000 | 팩시밀리 02-515-2007
홈페이지 www.minumsa.com

ISBN 978-89-374-4339-8 (04880)
978-89-374-4330-5 (세트)